A Lion
Called Christian

多年前，我们在伦敦买下一头小狮子

他叫克里斯蒂，在城市中长大

他爱臭美

喜欢“手推车”游戏

享受人类朋友的陪伴

与明星共饮下午茶

他喜欢阳光

经常与我们在花园嬉戏

但我们明白，他真正的家在远方

送他回去，成了一份责任

到达非洲，新的冒险开始了

到了放手的时刻

我们相信，你会成为王者

但也永远是
我们心中那头
小狮子……

献给克里斯蒂，

以及从未见过他的我们的家人。

A Lion Called Christian

我们的狮子朋友

〔澳〕安东尼·布尔克〔澳〕约翰·兰道尔 著

慕风 译

南海出版公司

目 录 Contents

新经典文化股份有限公司
www.readinglife.com
出　品

前言

多年以前，我们写下《我们的狮子朋友》，讲述一头住在伦敦的狮子回归非洲的故事。如今，YouTube 向世界各地的新一代观众介绍了狮子克里斯蒂，他非凡的经历令人们着迷。

想当年，我们还是两个来自澳大利亚的年轻旅行者，刚来伦敦，完全没想到会在哈罗德百货公司[①]买下一头小狮子。我们和克里斯蒂先是住在伦敦，后又搬到乡下，一直到因《生而自由》而闻名遐迩的乔治·亚当森安排他回肯尼亚重归自然。

《狮子在“世界尽头”》和《狮子克里斯蒂》这两部纪录片集中讲述了乔治·亚当森组织狮群，以及克里斯蒂重回

① 位于英国伦敦骑士桥，1849 年开业时只是一家卖杂货的商店，后成为伦敦最有名的百货公司。

野外生活的故事。YouTube 上的视频短片则展示了在克里斯蒂回归自然一年后，我们重回肯尼亚与长大许多的他重聚的难忘场景。

本书的第一版让我们感到骄傲，那是在我们二十出头时写的，如今这本修订升级版保留了文本原貌。尽管如此，我们还是借机增加了新内容，澄清了一些事实，并在某些段落试图更准确地表达我们的想法。

这么多年过去了，一些记忆仍然异常鲜活，而另一些则已模糊。我们查阅了两本后来出版的谈及克里斯蒂的好书：乔治·亚当森自传《我的骄傲和快乐》和阿德里安·豪斯的《伟大的野外之旅：乔治与乔伊·亚当森的生活》。这两本书帮我们核实了某些特别事件的先后顺序，还提供了一些新信息。另一个资料来源，是那段时期艾斯（即安东尼·布尔克）写给他父母的书信，最近他才知道，这些书信被保存了下来。

YouTube 上我们重聚的视频短片引发了人们对克里斯蒂的故事的巨大兴趣，本书正是因此才重新出版。二〇〇七年四月起，我们陆续收到一些电子邮件，告诉我们重聚的镜头出现在 YouTube 上。我们不知道是谁上传了这些视频，至于我们自己，即便想上传也不知道如何操作。我们后来找到了上传者，是一位名叫丽莎·威廉姆斯的艺术生，她来自洛杉矶。她在几个月前就把这些没有声音的镜头片段传到了 YouTube 上。开始我们也没有真正关注此事，但到了第二年初，我们发现视频越来越受欢迎。它就像那种被广泛转发的问候邮件（主题通常为“将它发给你所爱的人”，配以惠特尼·休斯顿深情演唱的歌曲《我将永远爱你》），传遍了全世界。YouTube 上的点击量攀升到了数百万，其他的网站上也相继转发。我们偶尔会去读读评论，那感觉像是成了自己生活的旁观者。大多数观众都觉得这段视频极为感人，评论也非常正面，这种情况显然是异乎寻常的，也常被评论家注意到。这是一段属于我们的非常特别的经历。

互联网是约束甚少的领域，很多有关克里斯蒂和我们的信息是错误的。其中，认为我们回去看望克里斯蒂时面临危险的看法尤为错误。那时,乔治了解克里斯蒂已有一年，他确信克里斯蒂会认出并迎接我们。不过事后他坦言不曾料想到会出现如此情深意切的场面。

随后，美国电视节目主持人艾伦·德詹尼丝在她的节目中播放了这段视频，并邀请弗吉尼亚·麦肯娜和约翰到场。虽然他们没有露面，但此次播放重聚视频的节目在其网站上点击量攀升至三百万，领先于许多其他国际电视节目。克里斯蒂成为世界性新闻，点击量不断上涨冲破六千万，相关网站超过了八百个。好莱坞的电影制作人开始打来电话了解情况。相关的搞笑视频和模仿秀也有不少。有个匿名观众给克里斯蒂建了 Facebook 页面，在那里他有了许多朋友。

克里斯蒂的故事早已尽人皆知。本书曾以四种语言出版过，并被许多杂志连载。纪录片《狮子在“世界尽头”》和《狮子克里斯蒂》在许多国家被一再播放。随后，自然而然地，人们的兴趣逐渐消退，流年似水，对这段经历的记忆于我们而言似乎成了一个隐秘的梦、一个幻想，甚至是一次幻觉。

过去，人们了解到的是整个故事的来龙去脉，那是关于一头伦敦狮子回到非洲老家的奇闻。而现如今，由于这短短几分钟关于我们重聚的视频影像，关注的焦点变成了我们与一头迅速长大、想必已恢复了野性的动物之间的深厚情谊，以及一年后他对我们非同寻常的热烈欢迎。人们的巨大兴趣和关切，一时间令我们手足无措，同时也给了我们反思这段多年前经历的机会。一个名叫乔安娜·C·阿维里的人给我们发来电子邮件，她觉得我们破除了社会强加在动物之上的刻板印象，跨越了人类与动物之间的差异，从而揭示出二者之间的种种相同之处。

我们试图理解这段视频为何会引发数百万人的情感共鸣。是由于克里斯蒂表现出的无条件的爱？是由于它关乎成长和分离？是由于它触及了失落和孤独感，以及重聚的快乐？人们是否在以自己的情感和需求度量他们与动物的关系，以及动物所给予的安慰和陪伴？在技术支配一切和电脑游戏取代户外活动的状况下，我们是否都已过于疏离于自然世界？这是不是对于往昔的怀恋？在那个时代，童年更无忧无虑、更安全，年轻人有更多的自由和时间去冒险。

互联网使交流方式发生了革命性的变化，为社交、娱乐、信息传播，同时也为社会和政治行动提供了难以想象的机会。通过网络，我们可以有力地推进我们坚信的事业。只要我们能同心协力尝试解决世界上最迫切的社会、环境和野生动物问题，我们将惊奇地发现，我们会取得何等成就。

1

一头挂着价格标签的狮子

没有狮子算不得真正的动物园。英格兰西南部德文郡的伊尔弗勒科姆镇上的那家小动物园亦不例外，狮先生和狮太太可是相当俊俏的一对儿。狮先生购自荷兰鹿特丹动物园，而狮太太则来自耶路撒冷的圣书动物园。一九六九年八月十二日他们有了头胎宝宝，四只健康的幼崽，一公三母。九个星期后，随着夏季过去，不再有度假的人群，两只母狮幼崽便被转交给动物贩子，随后由一家马戏团买走。余下的一公一母，则被位于伦敦骑士桥的哈罗德百货公司买下，并用火车运至伦敦。这四只狮宝宝似乎像他们的父母一样，注定命途多舛，囚困笼中。

就在这些狮宝宝出生三个月之前，我们有生以来第一次离开澳大利亚，虽前途未卜，但情绪乐观。我们上完了大学，并在大学期间干过多种工作，还没有明确的职业规划。我们奔赴伦敦，如同我们之前的许多澳大利亚年轻人，著名的榜样有讽刺作家巴里·汉弗瑞斯、记者及主播克莱夫·詹姆斯、学者及作家杰曼·格里尔、艺术家希德尼·诺兰、布雷特·怀特利与马丁·夏普、社会评论家理查德·内维尔，最近的则是歌手凯莉·米洛。一些澳大利亚人从陆上穿越亚洲和中东，这在当时，即便说不上不可能，也至少是困难重重的。

我们各自旅行了几个月，一九六九年十一月底在伦敦不期而遇。我们来伦敦并非为了观光，但某天一时心血来潮，参观了众多旅游景点中的一个——伦敦塔。与伦敦塔形成鲜明对照的是，我们决定前往从未去过的哈罗德百货公司。我们都知道，哈罗德夸口他们那里什么都买得到，当然前提是你得花大价钱。一位朋友曾求购一匹骆驼，对方问道：“要单峰的还是双峰的？”但哈罗德还是超出了我们的想象，当漫步在其二楼的“动物园”时，在暹罗猫和老英国牧羊犬之间，我们发现一个小兽笼里有两只狮宝宝。挂着价格标签的狮宝宝，这是难以想象的事情。事实证明，动物幼崽对于圣诞节期间的顾客来说是很有吸引力的，它们有望成为那些什么都不缺的人的圣诞礼物。

此前，我们从未考虑过有关狮子的事情。当然，我们在动物园见过狮子，但对之并无兴趣，也没有深入的了解。那时我们都没有读过乔伊·亚当森一九六〇年出版的《生而自由》，那本书讲述了母狮伊尔莎的故事：乔伊与她的丈夫——肯尼亚野生动物部狩猎监督官乔治·亚当森发现了出生不久的伊尔莎，将她养大并放归自然。

我们同情这两只狮宝宝，因为不管店员如何努力，他们还是不断受到好奇的顾客的打扰，好在我们克制住了类似的内心冲动。每个人都想得到狮宝宝的回应。那只母狮崽警告般地咆哮着，这让人们很满意，而她的兄弟却故意对我们视而不见。他极富诱惑力，我们被他迷住了，在兽笼旁徘徊了几小时。

约翰："我们把他买下来怎么样？"

艾斯："我已经给他起好名字了，就叫克里斯蒂。"

很久以后我们才发现店员曾给他起过名，叫马库斯，一个帅气的具有男子气概的名字，但叫他克里斯蒂似乎更合适，而且我们喜欢其中的反讽意味——罗马帝国时期基督徒曾被喂过狮子[①]，同时这也算是一种提醒：我们和我们周围的人可能会面临危险。

我们凭直觉知道自己是认真的，一种异样的激动感油然而生。即便只养他两三个月，我们也一定能够让他过得比现在好，也许还会力争让他有个更美好的未来？或者，我们只是想着把克里斯蒂从别人手中弄过来，归我们所有？我们从未想象或梦想过拥有奇异的宠物，但他的魅力让我们完全无法抗拒。

突然间，如果没有一只狮宝宝，我们的人生将不完满。对于两个游历欧洲的澳大利亚年轻人来说，这是不切实际的想法。但问一问有没有可能买，这一小小的奢侈乐趣总还是可以有的吧。我们问店员，克里斯蒂是否还出售。得到的回答是母狮已有主了，公的还没被买走，要价二百五十畿尼——放到二〇〇九年大约相当于三千五百英镑。对于我们来说，这可是一大笔钱，但我们没被吓倒，而是若无其事地表示这个价格看起来很公道。动物园助理建议我们去找哈罗德的采购员。她直截了当地表示，采购员会对每

①克里斯蒂（Christian）在英文中的含义是“基督徒”，罗马帝国曾一度残酷迫害基督徒，其中一项酷刑便是将他们扔进斗兽场喂狮子。

一个可能的买家进行非常详尽的面试问询，因为哈罗德百货公司认为，绝不能让狮子落入不负责任的人手中。

第二天早晨，我们再次来到哈罗德百货公司，打扮得颇为体面，头发收拾得整整齐齐，穿着花呢运动外套，我们的父母非常有远见，认为在海外必定用得着这件外套，坚持让我们带上，不过此前它们一直静静地躺在箱底。用了一点点善意的谎话，加上看起来非常热心，我们打动了哈罗德的采购员罗伊·哈泽尔，使他相信我们是对狮子有责任心的看护人和养父母。这么一来，当哈罗德准备出售克里斯蒂时，我们就获得了优先购买权。

到目前为止，所有事情都非常自然而简单：我们去逛商店，看到了一只讨人喜欢的狮子，现在想要买下来，但三个星期内我们无法将他带走。我们住在切尔西国王路一家商店的楼上，并在这家商店上班。无论从哪个方面看，那里都是最不适合养动物的地方，更不用说是一头狮子。我们花了几天时间，徒劳地找到一家又一家房屋中介，指望能租到一套带花园的地下室，以便“安置我们的狗”。跟他们讲真话没什么意义，我们真正得对付的是房东。我们非常沮丧，于是在《泰晤士报》上登了一则广告，指望着某个我们尚未找到的胆大或古怪的房东也许会读到这份报纸。

狮宝宝、两个年轻人求租位于伦敦的有花园或带屋顶的公寓或独栋房屋。电话：3527252。

然而我们得到的只是许多从其他报社打来的电话，他们急切地要给狮子拍照。

失望之余，我们将最后的希望寄托在那家商店的主人乔·哈丁、约翰·巴纳迪斯通和詹妮弗－玛丽·泰勒身上，劝他们说，除了我们这两个雇员之外，他们的生意确实需要一只狮宝宝，更何况他们的店名叫“索菲斯托凯特”(Sophistocat)[①]。约翰·巴纳迪斯通是个生性谨慎的英国人，幸运的是那时他正好在瑞士。乔·哈丁生在肯尼亚，养过好多种动物，他不反对，詹妮弗－玛丽则对此极为热心。最后他们决定，让克里斯蒂住在商店的地下室里，等到约翰从瑞士回来，让他大吃一惊。我们住在商店楼上，而且又在店里工作，这似乎是理想的安排，因为这样一来我们便可

①在英文中“sophist”一词意为“智者”，“cat”是“猫”的意思，于是店名就似有“智者猫”的含义，狮子乃大型猫科动物，故有此一说。

以集中精力照料克里斯蒂，我们认识到这是必需的。尽管索菲斯托凯特的地下室很大，有好几个房间，我们还是需要找个花园让他活动锻炼。

幸运的是，我们有几个朋友，他们居住的工作室离商店只有不到三百米，而且从工作室可以通往一个花园。这个花园再合适不过了，四面有围墙，占地三十多亩，为摩拉维亚教会所有。牧师是热心的鸟类研究者，但绝不反对拓展一下动物学方面的兴趣，极为慷慨地允许我们使用他的花园。于是，我们觉得可以向哈罗德保证，我们已具备了在伦敦拥有一头狮子的客观条件。

当然，多年以后再回头看，我们根本不具备购买一头狮子的条件。对于潜在的风险我们想得太天真了，而且没有任何保险措施。一九七三年《濒危物种保护法案》实施之后，哈罗德百货公司便不再做奇禽异兽的买卖，“宠物商店”取代了原先的“动物园”。现在我们已充分意识到，购买野生动物或奇禽异兽，只会助长相关的非法贸易。

正当激动之情在等待中日益增长时，我们开始愈发担忧那些之前被忽视的问题。我们不知道一头狮子究竟能驯养到什么程度，而且开始明白我们可能接手了一项不可能完成的任务。我们在热爱动物的家庭里长大，但这不足以让我们为将要面对的情况作好准备。

艾斯在纽卡斯尔长大，那是一座位于悉尼市北面的城市。他住在灌木带边上，经常骑马，家里还养着几只狗。他的第一只宠物是十一岁时在邻家空地上发现的一只猫。在那里，许多家庭假日里去海边和乡村野营、钓鱼。

约翰则在巴瑟斯特长大，那是一个大乡镇，位于距悉尼二百多公里的内陆地带。他的宠物包括猫、几只强悍的澳大利亚护牛犬，有时还有被救下来的小袋鼠，它们的母亲或被当作有害动物射杀，或在公路上被撞死。兔子也被看作有害动物。兔子及其捕食者狐狸都是具有破坏性的外来动物，它们给当地物种和环境造成巨大破坏。

在哈罗德百货公司，我们了解到两只狮宝宝一出生就由人类照看，他们——尤其是克里斯蒂——都会对人的喜爱有所反应。后来，一位曾经的动物园饲养员联系到我们，说克里斯蒂的妈妈排斥幼崽，两只狮宝宝是由饲养员一手照顾的，所以克里斯蒂在早期便与人类有了接触。他讨人喜欢，显露出愉快、平和的天性。每天哈罗德打烊后，狮宝宝们会被放出笼子一小时，只要有空，我们就会在这个时间去哈罗德跟他们玩。我们尽可能花更多的时间陪伴克里斯蒂，如果他对我们很熟悉，将他运往索菲斯托凯特和国王路就会更容易些。两只狮宝宝极为顽皮，虽不至于难以对付，但有些时候会相当难缠。他们的牙齿非常尖利，并且还没学会怎样让爪子收放自如，难免会抓伤人。克里斯蒂显然比他的姐妹更容易让人接受，我们希望与她分开后，他会变得少些吵闹，多些驯服。

罗伊·哈泽尔明智地建议，在我们打定主意买下克里斯蒂之前，应该去找查尔斯·贝维克和彼得·博文谈谈，一年前他们从哈罗德买走了一头美洲狮。这头美洲狮名叫玛尔戈，名字源于这家的一个朋友——芭蕾舞女王玛尔戈·芳汀夫人。这头美洲狮如今已发育完全，尽管她看起来已适应了在伦敦生活，但与她在一起时我们总感觉有些不自在。他们向我们保证，玛尔戈从无任何不良行为，而且由于彼得和查尔斯在她身上花费了大量的时间，她已完全驯化，快乐地和他们一同生活。这极大地鼓励了我们，因为驯养狮子的整个过程他们都很快乐，而且比他们预想的要简单得多。

我们知道养育克里斯蒂六个月以上是不太可能的事情。

他会长得飞快，到时候我们将无法再提供足够的空间。我们决心尽我们所能让他在这几个月里过得快乐和安全，但如果随后他就得去动物园，那整件事是否还有意义？如果真是那样，对他来说会更难适应，而对我们来说，整个冒险过程也仅成了一次奇异的放纵经历而已。我们决定前往威尔特郡乡村地带的朗利特野生动物园，看看那里是否适合克里斯蒂。这家动物园由巴斯侯爵和马戏团老板吉米·奇佩费尔德联手创建，一九六六年对公众开放。这是首座非洲之外的野生动物园，在照料动物方面采用了新的方式，但在当时还是有争议的，因为周围居民害怕狮子会跑出来。我们得知，动物园第一次开门迎客之后，人们对狮子逃跑的顾虑就基本打消了，狮子却一度遭了罪。如今，动物园已扩大到超过四十公顷，狮子被分成好几群。显然在整个英格兰，数这里的狮子生活条件最好。动物园经理罗杰·考雷说，克里斯蒂长到我们无法照料时，他乐于接手。

这么一来，我们不仅具备了现在可以接克里斯蒂回家的条件，而且我们也可以确保他以后不用在普通动物园或马戏团里苦度余生了。然而，我们还是疑虑重重。我们真的准备好了吗？这是一份艰巨的、具有约束力的任务。我们必须认清这样一个事实：即将进入我们以及周围人们生活的，是一头狮子，他基本上还是个野生动物，而且是仅次于人类的最强大的捕食者。我们知道，人类与狮子之间不是不可能形成一种安全的关系，但与克里斯蒂之间能否建立起这样的关系，我们心里没底。他现在才四个月大，长得飞快，很快他就会有相当大的破坏力。不过，每当我们中的一个谈及整个决定的鲁莽和面临的风险，另一个就会大谈即将到来的激动人心的生活。最终促使我们团结一心的，是周围人的反对意见。他们无意中坚定了我们的决心，我们反而选择接受原本没把握的挑战。我们的父母无疑是吓了一大跳，但只是警告说，“你们会后悔作出这样的决定”“到时候想要放弃克里斯蒂就难了”之类的。这是跨向未知世界的一步。我们正年轻，追求着乐趣和冒险，已将澳大利亚、父母和一些条条框框抛到脑后。那时正是六十年代末、七十年代初，社会面临着巨大变迁，一个充满乐观精神和机会的时代到来了。

一九六九年十二月十五日我们意外地接到电话说，我们可以提早几天接克里斯蒂走。他和他的姐妹半夜逃了出来，跑到隔壁销售地毯的专柜，弄坏了一些圣诞节即将展出的山羊皮地毯。第二天，我们去接克里斯蒂，牵着他从员工通道走了出来。店员向我们挥手道别，无疑感到卸下了千斤重担。克里斯蒂威严而看似平静地坐在汽车后座上，我们驶往国王路，欣喜万分，激动无比，但仍怀揣着一种无声的疑虑和恐惧：我们在投身一件超出自己能力范围的大事。

2

家具店的狮宝宝

从哈罗德百货公司所在的骑士桥到位于切尔西的索菲斯托凯特只是一段颇短的车程，但由于几个月来克里斯蒂一直待在笼子里，如今他的世界一下子变得大了许多。汽车一开动，克里斯蒂吓坏了，搞不清楚是怎么回事，他从我们身上爬了过去，我们不得不频繁地停车，不知道该拿他怎么办。我们想用一只大大的泰迪熊来安抚他，那是我们买来欢迎他的礼物，但他对此毫无兴趣，让我们一时间束手无策。最后好不容易到了索菲斯托凯特，朋友们在那里已等得不耐烦了。我们带克里斯蒂进了商店，这时他倒平静了许多，蹑手蹑脚地转来转去，观察着周围的一切，机灵地躲开人们试探和迟疑地伸过来轻拍他的手。他看起来只是稍稍有些不知所措，并将注意力集中到了我们身上。由于在哈罗德打烊后与他相处过一段时间，我们大概成了他与刚告别的过去生活之间唯一的联系。当晚我们大半宿没睡，一直跟他玩耍。克里斯蒂是我们的了。

在那个时候，一头狮子住在切尔西国王路算不得惊世骇俗的大事。六十年代，伦敦已成为设计师、音乐家、艺术家、摄影师和作家，以及许多其他有创意的人及其追随者的圣地，他们共同构成了“摇摆伦敦”。披头士、大卫·鲍伊、滚石乐队是切尔西的常客。那时名噪一时的时尚设计师则有玛莉·官、比芭的芭芭拉·胡兰尼姬、桑德拉·罗德斯、奥西尔·克拉克和米歇尔·费许。奇禽异兽是这个极富魅力的大熔炉的组成部分：除了美洲狮玛尔戈，我们还知道附近住着好些大猫，比如赌场老板约翰·阿斯皮纳尔就养着几头老虎和几只大猩猩。以斯隆广场为起点，国王路上不到两公里长的街道上满是时装店、餐馆、俱乐部和古董市场。门面时常翻新，但基本特点不变：浮夸高调，但很有趣，不乏魅力。每到星期六，路上满是成群结队自我意识膨胀的家伙和昂贵的汽车。游客们跑来看热闹，而另一些人则穿着光鲜奢华的衣服，跑来展示自己。尽管这些衣服在那个年代很时髦，但现在回头去看，我们大多是时尚的牺牲品。最近七十年代的时尚又重新流行起来，我们对此只能抱以尴尬的一笑。

索菲斯托凯特出售古典松木家具，它坐落在一个名叫“世界尽头”的奇特地方。历史上它是一个地标，表示这里是查理二世路的尽头，并且不受盗贼骚扰的区域也到此结束。这种大胆脱俗的名称延续至今。在长长的国王路的一端，“世界尽头”逐渐成为时髦的切尔西的一部分。当地人对于时髦古董和服装店的入侵非常不满，这些店铺包括奈杰尔·韦茅斯的“奇幻奶奶”、薇薇安·韦斯特伍德和马尔科姆·麦克拉伦的精品店。朋克音乐和服装很快就会从我们这个国王路乱哄哄的尽头冒出来。

不到两天，克里斯蒂似乎就完全适应了新环境。开始时的拘束感此刻都已无影无踪，泰迪熊早已化作一堆碎片。在这家两层楼的大商店里，他显然享受到了更大的自由，并且离了他的姐妹，他就不怎么吵闹了。他看起来一点都不想她，或许我们成了某种替补。他一点都不像大多数猫科动物那样一副冷冰冰的样子，相反，他乐意跟我们亲近。狮子并不像别的猫科动物那般孤傲，而是更像狗那样合群。

克里斯蒂在索菲斯托凯特楼上。

狮子知道自己是老大,直截了当地显示出优越感。四个月大，十四公斤重，半米多长，他就是个自带传奇色彩的“泰迪熊”。他喜欢我们抱他搂他，他爪子轻轻地绕在我们的脖子上，用舌头舔我们的脸。他有一身柔软的黄褐色皮毛，令人惊奇的是上面有不少斑点。尽管他的身体非常协调，但爪子、脑袋和耳朵相比其他部分而言大得出奇，这暗示着他长成之后的体形和力量。然而，他容貌的关键在于那双漂亮的、圆圆的赭色眼睛。他天性欢快、平和，非常好照顾，以至于我们都觉得之前多虑了。此外，他甚至有卫生习惯。所有的猫科动物都爱干净，再加上他和他的姐妹在哈罗德共用笼子里同一个角落方便，这让我们有信心训练出他的如厕习惯。在地下室的一个房间里，我们装了一个加热器，并放了一张毯子让他睡觉用。在一个角落里，我们放了一只改进过的狮用尺寸的猫砂盆。起初，他随地大小便，我们发现一次就教训一次，然后把他领到猫砂那里，两天后，问题便解决了。他很快就知道了自己的名字,并懂得了“不”这个字的含义。一切似乎都太容易了。

他适应能力颇强，生活也很规律。每天早上八点钟，我们中的一个下楼去，他的一天就开始了。尽管似乎不太合常理，不过他大多是被我们叫醒的。一只睡眼惺忪的小狮子会热情地迎候我们，随后摇摇摆摆地走过去蹲在猫砂盆上。然后喂食的时间到了。他每天头一顿和最后一顿吃的是宝宝混合食品：牛奶、康普兰牌和法瑞斯牌辅食，外加阿比德克牌滴剂以补充维生素。哈罗德动物园的助理桑迪·劳埃德非常喜欢这两只狮宝宝，将他们照顾得极好，她给我们提供了一份为克里斯蒂准备的注重营养均衡的食谱。两餐主食分别在早晨的晚些时候和傍晚时分投喂，包括半斤多生肉、一个生鸡蛋，还有一勺骨粉以补充钙质。我们常给他吃不同的肉，偶尔会给他一只带皮的兔子。克里斯蒂常常一连好几天带着兔子皮在索菲斯托凯特到处跑，直到它被撕成碎片或臭气冲天。他喜欢将大骨头玩玩啃啃，由于没有其他动物与他争抢，在他进食时我们可以安全地拿着他的食物。

我们逐渐发现，人们对狮子先入为主的想法往往是错的。比如，认为给狮子一类的动物喂食生肉是危险的，因为据说这会使之变成“食人兽”，这种看法是错误的。一个法国厨师有时会给克里斯蒂带些美味的菲力牛排，这让我们很是羡慕。这个厨师喜欢狮子，而且确实有机会弄到不少肉。克里斯蒂的肉食需求量每个星期都在增长，喂饱他需要的花费越来越高，我们后悔没能将他变成素食者！

他玩起来没个完，弄得整个商店和地下室里到处是各种各样的玩具和橡皮球。他非常喜欢废纸篓，开始是把它套在头上，结果眼睛遮住了什么都看不见，随后就将它扯坏。我们只能给他买更结实的玩具，因为普通泰迪熊在他那里的寿命大约只有两分钟。他需要我们持续的关注，不理他是绝对不行的。如果我们中的一个读起了报纸，或在打电话，克里斯蒂立马会爬到他的腿上。索菲斯托凯特是家具的丛林，他穿行其中悄悄地追踪我们，发明出很多种玩法。他知道我们不许他猛扑过来，但他会游走于家具之间，聪明地设法藏在一个家具后面，这样看起来好像我们有意在跟他躲猫猫。随后他便心安理得地向我们冲过来或跳过来。于是我们养成了一种紧张兮兮环顾四周的习惯。如果我们发现了他正蹲伏在那里蓄势待发，眼神中流露出一丝顽皮，他便会若无其事地清理自己的脚爪，而不会因为好事被搅而恼羞成怒。很快我们就常常能从他的眼神里看出接下来他想干什么。他一直是有趣可人的，但也非常累人。

我们和他玩耍时，总是不让他过于冒失或过于激动，也

克里斯蒂会将废纸篓
套在头上，随后扯坏。

克里斯蒂总是充满好奇，永远拒绝不了一只拉开的抽屉。

会避免剧烈地与他争抢，或鼓励他追捕我们。我们从不让他知道，在过去的某个时间节点，他已成长得比我们更强壮，并有能力伤害到我们。我们会尽量避免让他展现明显的力量优势，或装作没看见。有时，在玩耍时，如果他使我们陷入窘境，他会本能地意识到自己的优势，力量与决断力随之剧增。这令他自己感到迷惑，也给我们发出了警报。

每天早晨克里斯蒂都期待着清洁工凯·迪尤的到来，因为他知道对方为他准备好了娱乐活动。他追着扫帚，骑在吸尘器上，偷走或咬住她的抹布。她对付他很有一套，但还是留意到，食物的污迹逐渐出现在窗子和玻璃门上越来越高的地方。

克里斯蒂刚来国王路的时候，他还非常小，有顾客的时候他也完全可以在店里四处晃悠。开始时，顾客们很少把我们的提醒当回事："您介意和狮子共处吗？"一位不相信我们的妇女看着一根克里斯蒂享用的骨头说道："这根骨头怎么也够狮子啃了。""这就是我们想要告诉您的，看看您背后。"当克里斯蒂从容不迫地过来认领他的骨头时，她面带怀疑地瞧着。克里斯蒂的出现往往会让生意更好，并且，索菲斯托凯特的老板们非常宽容。即便是英国人，也必定会对一头四脚伸展躺在他们打算购买的古董松木桌子上的狮宝宝有所反应。绝大部分人都感到高兴，偶尔会发生丝袜抽丝或裤子撕破的事故，但没有人抱怨。许多女顾客星期六带着持怀疑态度的丈夫和朋友，以及满车的孩子重来店里——星期六国王路通常有游行活动，本来就人满为患——索菲斯托凯特便突然充满了一种令人讨厌的类似动物园或马戏团的气氛。为了避免这一情况再次发生，这一天绝大部分时候，克里斯蒂只能待在地下室，只有那些特别失望或特别想见克里斯蒂的人，才能说服我们带他们下楼去看看他。

每天下午，他都会到附近那个摩拉维亚教堂的花园里锻炼。哈罗德百货公司给了我们一个项圈和一根皮带，虽然项圈对一头狮子来说有点奇怪，但很有必要。有了这个，牵住他就容易些，而且他很快就忘了项圈的存在。起初，我们试图用皮带牵着他去花园，那里只有二百多米远。但他就是不好好走，只是往前冲几步，随后便一屁股坐了下来。他被车辆和周围拥挤的人群给吓着了。我们怕遇到别的动物，因为尽管他不见得对它们有多大的兴趣，但仍觉得它们是一种愉快的消遣。最初的几个星期，我们可以直接抱

克里斯蒂在摩拉维亚教堂的花园里玩足球。

着他走，但很快他就很重了，这短短的一程就成了苦差事。如果他能让我们牵着走，这当然会容易得多，但指望一头狮子会有这种不自然的行为，实在有失公平，于是我们不再坚持，还是用小汽车或索菲斯托凯特的货车载着他去那里。在车里他一般是比较驯服的，但一刻都不消停，因为狮子永远不会完全接受任何形式的束缚。

花园非常理想。没有人，没有其他动物，四周耸立着高高的砖墙。围墙建于都铎王朝时期，花园中，如今的画

克里斯蒂在玩捉迷藏。

室和老摩拉维亚小教堂是在托马斯·莫尔爵士的马厩的地基上建成的。此地经历了一系列著名的主人之后，一七五〇年汉斯·斯隆爵士将其出售给了萨克森的亲岑多夫伯爵，后者在这块地上建立了摩拉维亚教会在英格兰的落脚点。摩拉维亚教徒是最早的独立清教徒群体之一，一四五七年他们抗议罗马天主教教廷的道德腐败和政治行为，在波希米亚成立了兄弟会。他们得名自一群来自摩拉维亚的避难者，一七二二年他们定居在亲岑多夫伯爵位于萨克森的地产上。

伯爵的儿子，亲岑多夫与波滕多夫伯爵克里斯蒂·雷纳图斯就葬在花园里。事实上，这是一个墓园，然而，摩拉维亚教会埋葬死者的方式极为俭朴——垂直下葬，一块朴实无华的墓碑平放其上，所以根本看不出这是个墓地。如今回想起来，对于在墓园里嬉戏这件事，我们确实有些愧疚。

这里有一大片草地供克里斯蒂玩耍，还有树木和树篱可供躲藏。有趣的是，他花了几个星期才适应这里的各个地方。起初他不愿离开树篱的保护，跑到花园的中心地带，但随后花园便成了他的领地，他很是喜欢。他喜欢追逐和扑向我们，但我们认为，对于一头狮子来说，这是不应助长的坏习惯，于是我们将足球作为替代物踢给他，让他追逐。他动如脱兔，姿态优美协调。他追着球，猛地扑上前去，表演般地随球转身。有几次下起了雪，他喜欢在雪中滑行，一点都不怕冷。每天我们在花园里待一小时，这大概是足够了，因为他很少有不愿回索菲斯托凯特的时候。虽说如此，这也是他最爱的娱乐时间。

下午晚些时候，克里斯蒂会在商店橱窗里威严地踞坐于家具上，仿佛在万众瞩目之中俯瞰“世界尽头”的诸般世相。他是本地区的明星，当地人都爱他，尤其是孩子，并为他感到格外骄傲。他似乎属于这里的每个人。在橱窗里，他吸引成群的固定粉丝或惊讶的路人前来观赏。这真是快乐的时光。如果来客过多遮挡了他的视线，他就换个橱窗。一些开车的人光顾着看克里斯蒂无拘无束的个人秀，与前车追了尾。有人无意中听到路过的公交车上一对母子的对话："妈咪，那个店的橱窗里有一头狮子！""别瞎说。如果你再说谎，我就叫你爸爸揍你。"

3

王者风范

我们没告诉克里斯蒂他是一头狮子。我们认为，知道这个只会让他养成狮子式的行为方式，结果可能令人遗憾。在他面前，我们避免使用“狮子”一词，但偶尔，当人们因他身上的斑点而把他错认为豹子的时候，我们只能一个字母一个字母地拼出“狮子”这个词。他喜欢在索菲斯托凯特的大镜子前看着自己，所以尽管他一定很困惑自己究竟是什么动物，但很清楚自己长什么样子。他常和我们一起乘车，而伦敦的狮子雕像怕是比非洲的活狮子还要多，为此，我们决定，在他自己发现并提出令人窘迫的问题之前，告诉他真相。我们开车带他到特拉法尔加广场去看纳尔逊纪念柱基座上的狮子雕像。能成为如此显眼高贵的象征符号，他颇为高兴。幸运的是，这并未改变他的行为方式，因为从一开始，他就像所有猫科动物那样自认为比我们优越。但是知道得太多还是可能造成危险和困惑，因此我们要求摩拉维亚教会的牧师别告诉他过去基督徒被送入狮口的故事。

哈罗德卖给我们的是一头很棒的狮子，与这家百货公司一贯的品质相符。克里斯蒂非常健康，有着美好的天性。他性情平和，不容易受惊或害怕。由于他信任我们，并有很强烈的安全感，这些品性得到了进一步的提升。此外他行为总体上的可预测性和连贯性使他更加容易相处。我们小心翼翼，和他一起一步步往前走，越来越了解他，并很快掌握了他的习性。我们很少误解他的意图，并能预见任何可能导致意外结果的状况。

他的行为所反映出的心理模式是很容易辨认的，完全可以用人类的词汇加以解释。我们接受这种拟人的做法，因为其个性的种种方面确实与人类所表现出的个性十分相像。他的“幽默感”看起来就和我们的非常相似。他长着大脚丫，对于狮子来说显得有些笨拙。如果被什么东西绊了一跤，他就会有点“尴尬”，但他很快就会像绝大多数人那样，装

克里斯蒂在索菲斯托凯特二楼。

出若无其事的样子。与几乎所有其他动物相比，狮子可以和人类进行更亲密的交流。我们认识到，这两种世界上最强大的捕食者有很多共同点。

克里斯蒂的性格极好，他的出现令商店里挤满了围观的人们，也让我们的生活非常充实。我们认识到，只有让他的天性得到尽可能充分的释放，他与我们一起生活的这几个月才会如我们所希望的那样快乐。他天生易于满足，性情平和，要想让他保持这一天性，我们除了要给他充分的陪伴和爱之外，必须尽可能地减少约束。

我们彼此尊重，他身上没有任何家养宠物那种俯首帖耳的姿态。我们从未试图控制或训练他，根据我们的经验，强硬的态度很可能会带来灾难性的后果。一头狮子不太可能完全被驯服，不受控制的事也许随时都会发生。想从一头狮子那里赢得尊重可并没那么容易。克里斯蒂性格坚定，但似乎也认识到必须合作，并且，他很快就明白了哪些行为是不被允许的。我们从未与马戏团或娱乐活动中使用的动物有过任何接触。不过我们完全可以推测，在驯服动物表演的过程中，必定包含花招、诱骗、奖励和惩罚。二〇〇三年，拉斯维加斯双人表演组合西格弗瑞德与罗伊中的那位罗伊，就在动物魔术表演中遭到了他自己训练的老虎的攻击。

克里斯蒂讨厌别人不理他，且非常清楚他对人们产生的影响。他总忍不住去逗引初来乍到的人，看他们的反应。如果谁没能很好地应对,他通常会记住。就像其他动物一样，他往往知道周围哪个人对他感到不安，并且会利用这一点。如果顾客没有注意到他正坐在店里楼梯上，他便会哼哼唧唧地吸引他们的注意力。从这个居高临下的位置上，他用爪子打落了不少顶帽子和不少副眼镜。他极为好奇，眼睛不断观察和寻找着值得探索的新事物。

他的眼睛最让人印象深刻。那是双会说话的聪慧的眼睛，可以传递出爱和信任，也可以表示挑战或反抗。有时它们清亮得难以置信，但有时却是晦暗和难以捉摸的，他会直瞪着眼，目光穿越我们，到达另一个我们无法进入的维度。

克里斯蒂能记住人和地点，与我们此后遇到的狮子相比，他表现出更高的智力水平。他很快就学会了如何打开地下室的门，只要门没有上锁。我们将他当天的食物藏在商店后面办公室里各种橱柜的顶上，而他常会尽力完成那一连串的复杂动作：爬到别的家具上，后腿站立直起身子，将食物打落在地。

与绝大部分猫科动物不同，狮子是群居的、社会性的动物，生活在大家庭般的群体中。克里斯蒂无疑把我们当作一家人，与我们有着深情厚谊。狮子们彼此问候的方式是礼节性地碰碰脑袋，我们常跪下来好让他这样做。每到要与他道别，无论离去的时间长短，都得有另外的深情致意：舔一舔和抱一抱。他喜欢亲密，要么是靠着我们，要么就实实在在地坐在我们身上。有时，他会猛地从地上跳到我们的怀里，这是对我们的一种问候，此前从未有人看到别的狮子这么做过。当然，他也会傲慢自大，居高临下，但如果他必须受到管教，不管是被呵斥还是挨一下揍，他都接受，没有一点怨恨。他非常清楚我们什么时候生他的气了，如果他觉得自己理应受罚，事后便会运用一些明显的且通常能成功的方式努力赢回我们的好感。

克里斯蒂对自己的食物完全没有进攻性和占有欲，这表明在某些方面他是头另类的狮子。这主要是由于没有其他动物与他争食，并且他知道到时间就会有吃的。然而，那些远比我们更了解狮子的人，得知他对待食物的态度时无不感到震惊。他胃口很好，饿得慌的时候，常不等我们把食物放在地上，便从我们手上将其打落。但如有必要，我们可以拿走他的食物，甚至可以来个狮口夺食。他喜欢吃骨髓，但当他弄不出来的时候，我们会替他弄出来，而他会轻柔地从我们的指尖上吃。

在交流和交往方面，狮子的嘴起了相当大的作用。他舔我们以表示他的喜爱之情。他常用粗糙的舌头舔物体的表面以了解其味道和质地。他乳牙尖利，喜欢把我们的手和胳膊含在嘴里，而且很快学会了如何不咬着我们。然而某些时候，他只是把嘴张得老大，等着我们去填满。膝盖的高度对他来说正合适，我们的衣服常被他的牙齿或爪子刮破，有时我们只得穿上实用的深绿色连体工作服。

狮子需要锻炼自己的爪子和牙齿。在最初的几个星期里，店里不少桌脚和椅脚被弄坏了。然而，挨了几顿揍，尤其在发现可以用楼梯的扶手来磨牙磨爪子之后，他便不再去破坏桌椅脚，因为狮子是遵循习惯的动物。与其他猫科动物相比，狮子只在地面活动。他不会跳起来越过家具，但他喜欢从高处俯瞰自己的领地，时常坐在桌子和五斗橱上。幸运的是，他更喜欢楼梯，这样可以坐得更高。坐在楼梯上时，他的一只爪子会从边上优雅地垂下来。事实上他很少损坏家具，只有在滑倒摔跤时为了支撑身体，爪子才会戳入家具。有一天，一张昂贵的桌子，连同精心搭配的刀叉、瓷器、玻璃杯和蜡烛，被相当轻率地放在了店中央。我们一听到玻璃打碎的声音，立刻明白发生了什么事。克里斯蒂被店里新的陈设弄糊涂了，他在桌面上走动时身体压在了桌子的一边，于是连同桌面一起翻倒在地。这张桌子已经售出，而现在上面却新添了几道深深的抓痕。我们打电话给买主表示歉意，“别当回事儿，”那位女士说道，“我到店里是来看克里斯蒂的，那张桌子不过是顺便买的。请别担心那些抓痕，它们会让我想起那头漂亮的狮子。”

克里斯蒂还总是想去折腾铜床上那张我们准备出售的床垫。直到一位朋友非常慷慨地将自己用的床垫给了克里斯蒂之后，这个难题才得以解决。他就像得了猎物般欣喜若狂，熟练地将其拖到地下室里，尽管床垫比他大得多也重得多。

他的爪子锋利得可怕，在他学会收放自如之前，我们被抓伤过好多回。很快，他就能较为娴熟地控制自己的爪子，并且也明白一旦我们被抓伤便不跟他玩了。他学着收起爪

克里斯蒂在商店里的台阶上，这是他最喜欢的姿势。

尖，但如果他正在用力扭着什么东西，比如他的床垫，假装那是一匹他偷偷接近并扑倒在地的斑马，我们千万得牢记，这时他的爪尖会本能地伸出来。

和所有狮子一样，克里斯蒂对小孩着迷。他似乎认为，小孩是与成人不同的物种，并加以区别对待。如果店里有小孩，我们常常会极为小心地管住他。一天，拴着皮带的克里斯蒂在索菲斯托凯特门外，一个当地报纸的摄影师正给他拍照。一位妇女，也许以为克里斯蒂是一条狗，带着她两岁的孩子大步从他跟前走过，那孩子也用带子牵着。克里斯蒂好奇地伸出脚爪，将孩子拨倒在人行道上。我们一个抓住克里斯蒂，另一个挡住摄影师不让他抓拍这一报纸梦寐以求的照片。小孩被弄得有些发懵，但他被衣服裹得鼓鼓囊囊，因此不可能受伤。起初，这位母亲火气很大，但后来她带着一拨又一拨朋友回来看克里斯蒂，还带了其他孩子在他面前晃来晃去，显然她的气很快就消了，并对那次意外感到高兴。

克里斯蒂长得飞快。两个月里他的鬣鬃长了起来，突然显得颇为成熟了。他会从五斗橱后面猛跃出来，并用一双巨大的狮爪环住人们的大腿。不能指望那些对他一无所知的顾客能对此保持冷静，那是不公平也是不明智的。他会放过绝大部分人，但像许多动物一样，他会本能地甄别出那些被他吓到的人，并乐于戏弄他们。显然，我们不能冒这个险，况且，没有一家保险公司愿意为我们上保险。

我们开始有重任在肩的感觉了。切尔西足球场就在附近，警察找上门来，建议我们不要让克里斯蒂在比赛日那天待在橱窗里，因为这可能会在路过的球迷中引起骚乱。于是他不得不在地下室里待更长时间，没有顾客时，才被允许待在店堂里。他乐于待在地下室里，那里有很多玩具可以玩，但他对不能自由地上到店里去感到恼怒。有时他会毫无必要地蹲在他的猫砂盆上，以此明确表示准备好上楼了。和其他猫科动物一样，如果无事可做，狮子也喜欢睡觉，但他在地下室里睡大觉的时间常常被纷至沓来的访客打断。索菲斯托凯特的其他人，乔、约翰和詹妮弗－玛丽都喜爱克里斯蒂，他也喜欢他们。通常，至少我们中的一个会在楼下陪他玩。有人来看他时，我们领他们到地下室，在那里我们更容易掌控局面，如有必要，我们会阻止他跳起扑向来客。他是一头少有的性情随和的狮子，他很少会不喜欢谁。他厌恶的东西少之又少：有时或许是某种刺鼻的香水或剃须水。此外，当我们的某个朋友穿着奇装异服出现时，他总会跳起来扑向对方。

我们尽量不让克里斯蒂搞清楚我们对他有多大程度的约束力。最初几个月后，他花了相当长的时间才明白，尽管我们还能抱住他，但只要他一挣扎，我们就不得不立即放开他。如果他同我们玩得过火，我们常会主动停下来，这样他便始终不知道，自己已越过了平衡点，在体力上已超过了我们。作为一头狮子，他是很听话的，通常会配合我们。

克里斯蒂俯瞰着他的“王国”。

和所有狮子一样，
克里斯蒂对小孩着迷。

只有很少几次他对我们的告诫不理不睬，对此我们几乎毫无办法。我们不得不装出对他所做的事情毫不担心的样子，而不是让他发现我们无力阻止。这是一种迷人的心理游戏，但同时非常冒险。

狮子不高兴时会发出极为清晰明确的警告。看看他们的肌肉、牙齿和爪子，你就会明白不把他们的警告当回事是多么的愚蠢。克里斯蒂住在索菲斯托凯特的几个月里，只有那么一次，让我们吓得半死。

他发现一条外套上垂着的毛皮腰带，于是叼着它跑到地下室去了。我们跟在他屁股后面，想把腰带拿回来。他咬着腰带，并发出激动的吮吸的声音。我们知道，这表示他不愿放弃腰带。我们还是试着把腰带拿回来，但他双耳放平，咆哮着发出可怕的警告。他成了一只叫人认不出的野生动物。如果我们再试图夺回那条腰带，毫无疑问他会攻击我们。我们想逃开，但没那么做，而是缓缓地移开几步，彼此说着话，好像什么也没发生，好像我们已忘了那条腰带。

我们明白，绝不能让他知道我们多么害怕。如果他意识到这么做非常有效的话，就会重复这种行为。大约五分钟后，腰带引发的兴奋，还有他的怒火都消退了。接下来的几个小时，我们很自然地与他说话，与他玩耍。我们尊重他发出的清楚的警告。这样的事件再没有发生过，但给了我们重要的提醒：克里斯蒂具有潜在的危险性。

4

"不爱抛头露面的丛林之王"

肯辛顿和切尔西的市长光临索菲斯托凯特与克里斯蒂会面，当她弯腰轻轻抚摸他的时候，脖子上标志其公职身份的精致项链就在克里斯蒂眼前颇具诱惑性地晃来晃去。他怎么忍得住，于是大脚爪一伸，重重地挥将上去。项链绕着脖子转了一圈，她呆住了，但毫发未损。狮子不愧是天生的王者，才不会把一个市政官员的饰品当回事呢。

各路人士纷纷跑来看克里斯蒂，其中一些定期前来探访。一位妇女听说这里住着一只熊，带着专为熊准备的胶糖娃娃来到店里。当她发现克里斯蒂不过是头狮子时，大为失望，更糟的是，克里斯蒂对她的胶糖娃娃不感兴趣。索菲斯托凯特的主顾，女演员狄安娜·瑞吉和米娅·法罗喜欢他，专程来与他玩。随着克里斯蒂受到公众越来越多的关注，不少人跑到店里来，看我们是否只是把他当作一个赚钱的幌子。当看到他非常快乐和健康，而且显然与我们相处甚欢时，他们感到欣慰。

拥有一头狮子已经成为我们生活的一部分，并且，我们必须接受由他引起的种种话题。如果我们没和他在一起，就不断会有人问起他。我们不得不耐心听人们讲他们的“野”猫的故事，而另一些人则回味着自己在非洲的经历。不断有人问：“多久之后他会变成‘食人兽’？”克里斯蒂身上绝不可能发生这样的事，尤其在看过他与自己最好的朋友尤妮蒂·贝维斯–琼斯如何游戏之后，我们更加确信这一点。

尤妮蒂第一次见到克里斯蒂是一九七〇年一月，也就是我们买下他一个月之后。她听说索菲斯托凯特住了头狮子，二话不说立马跑到店里。此后，每天下午她都来看望克里斯蒂，她的生活就围着他转。她身材瘦小，我们担心克里斯蒂会在无意中伤到她，但她对付起他来很有一套。为了保护自己，她穿着厚厚的外套，戴了顶相当夸张的毡帽。那顶帽子遮住了她大半张脸，几星期后，克里斯蒂终于将帽子咬在了嘴里，直到那时我们才得以见到她的庐山真面目，原来她那么迷人。

尤妮蒂酷爱狮子。她在罗马当演员的时候，某一天决定要养一头狮子，尽管此前她对狮子一无所知。她说服罗马动物园，将一头刚刚从非洲过来不久，还没有经过驯养的九个月大的母狮卖给她。尤妮蒂从没觉得狮子是值得害怕的动物。当罗拉被装在板条箱里运来之后，合租室友将自己锁在卧室里两星期不敢出来，对此她颇感惊讶。尤妮蒂发现房东们也同样不可理喻，在她与罗拉共同生活的一年半时间里,估计搬了二十次家。当尤妮蒂必须回英格兰时，罗拉就去了那不勒斯附近与朋友们待在一起。尤妮蒂与克里斯蒂的关系异常亲近，由此我们可以想象，在艰难得多的境遇里，她是如何成功与罗拉建立起一种从未出过意外的关系的。

每天下午，尤妮蒂一到索菲斯托凯特，就可以听到克里斯蒂在地下室里，吵吵闹闹地踢着某个东西——通常是一只塑料桶，像在玩足球。当脚步声从楼上传来，他便停下来听着，等着看是谁来了。尤妮蒂说道:“你好，克里斯蒂，是我。”克里斯蒂会大声地咕噜起来，这是他一贯的迎候方式，同时跳起来扑到紧锁着的门上，通过门上的一个小圆孔费力地往外看着她。为了防止他趁她开门时跑上楼，进门前尤妮蒂会叫克里斯蒂退开几步。他会退开一些，但仍离门很近，发出狮子式的轻唤以表明她可以安全地进来了。“不行，”她会说，“还不够远，再离远些。”一阵短暂的沉默之后，克里斯蒂又叽里咕噜起来，如果在经验丰富的尤妮蒂听来，咕噜声已足够远，她就会进去并关上身后的门。克里斯蒂高兴地冲上去迎接她，拽住她的衣服，热情地领着她在地下室里四处转。

如果狮子过于兴奋，当她说“别太粗野”或“停下，克里斯蒂”他也根本不理睬时，她就趁他没看见时慢慢挪到门边，然后离他而去。克里斯蒂会冲到门前，轻轻叫着，叽里咕噜着。这时尤妮蒂就会说：“你太淘气了，如果你不听话，我就再也不来和你玩了。我可不是塑料桶，我不想你那样对我。”几声带着歉意的咕噜声随后传来，而且一声比一声离门远，表示他不会冲上楼，尤妮蒂可以进来了。受到训斥——但常常是被原谅之后，他对她文雅了许多。这个下午余下的时间里，他们会高高兴兴地一起玩玩游戏，说说话。

克里斯蒂最让人喜欢的性格之一，是他会和我们每个人建立独特的关系——虽差别细微，但问候方式、游戏和花招都有所不同，并且他知道我们都会配合他。尤妮蒂从来不会拒绝他的任何请求。她经常来花园与我们在一起，而且每天都在地下室陪伴他几小时，这对保持其温和的脾性起了极大的作用。动物有些个性可以通过外界的刺激得以显现和发展，尤妮蒂让我们明白克里斯蒂的个性有多么丰富。

我们在克里斯蒂身上投入的时间和感情，比先前对任何别的人和事物都要多。这是一种承诺和责任，让我们的生活有了前所未有的目标。白天的时间我们都花在他身上，如果晚上我们要出门，便将他安顿在地下室他的房间里。我们中的一个，更多的时候是我们两个，会在睡觉前夜深人静时带他出门绕着店转转。星期天商店关门，而克里斯蒂又喜欢换换环境，有时我们就带他外出游玩。但在伦敦带着狮子可去的地方不多。一天，我们带他去肯辛顿花园。周围的一切让他感到害怕，尽管牵着他的皮带很长，但他只肯紧靠着篱笆以求安全。周围聚了那么多人，难怪他害怕，再到公园游玩恐怕是不可能的事情了。

我们打电话给巴纳多儿童之家[1]，看看那里的孩子是否欢迎克里斯蒂前去拜访。接电话的那位妇女非常吃惊，但当我们向她保证不会有危险之后，她同意了。我们对她说，不太建议让克里斯蒂与孩子们直接接触，同时询问是否有封闭的空间让他待在里面。她建议，孩子们安全地在屋里看，"狮子可以在外边的草地上啃草皮！"

但是，没想到克里斯蒂的访问遭遇了冷场。孩子们把小脸贴在窗户上看了几分钟，就又回去玩玩具了。我们和他们共进下午茶的时候，克里斯蒂被关在一个房间里。然而，一个淘气的小孩把他放了出来，于是他过来找我们。孩子们尖叫着，四散奔逃，爬上了凳子、桌子。我们载着有点迷惑的小狮子回了索菲斯托凯特，留下一片混乱，或许还有不少噩梦。

克里斯蒂常受到邀请与我们一起去看朋友，偶尔我们会带他去。有一次去别人家，克里斯蒂推开浴室门，我们听到一声尖叫，赶紧跑过去。很难弄清楚是克里斯蒂还是浴室里的朋友更害怕。查尔斯·贝维克、彼得·博文和美洲狮玛尔戈组成了一个适合接受狮子来访的家庭。我们常去

①英国儿童慈善机构。

拜访他们，而且克里斯蒂还在那里过了圣诞节，当时我们去了乡下的朋友那里（他们明确表示不邀请克里斯蒂去）。玛尔戈是个美丽的动物，会发出迷人的呼噜声，但她的行为难以预料，与她交往不太轻松。她在乡村庄园里终老。我们很天真地希望玛尔戈和克里斯蒂会成为朋友，因为我们知道没有一条狗能强壮到与他成为玩伴。但玛尔戈属于不同的物种，性别也不同，且年长一岁，对他有着强烈的敌意。克里斯蒂则是无所谓的态度。平心而论，对玛尔戈来说,克里斯蒂是其领地的入侵者。他俩可以待在一个屋里，但当克里斯蒂靠近她时，玛尔戈伸出爪子拍打他，还挠了他柔软的鼻子。克里斯蒂并不在乎，因为第二天他就要上电视了！

一九七〇年一月中旬，也就是我们买下他一个月后，泰晤士电视台听说有头狮子住在索菲斯托凯特，于是邀请克里斯蒂上他们的儿童杂志节目《喜鹊》。他只需要出场几分钟，我们想他应该能行。我们开车带他去位于特丁顿的电视台摄影棚，我们很激动，但拿不准克里斯蒂会如何表现。直播前我们不得不反复排练，这令我们感到非常内疚，因为克里斯蒂每排练一次就更加不配合。摄影棚里耀眼的灯光照得他晕头转向，冲上前来的摄像机让他害怕。那么长时间被皮带拴着令他烦躁起来，但他还是忍了很长时间没有发怒。我们后悔接受《喜鹊》节目的邀请，紧张兮兮地等着现场直播。大家无法预料克里斯蒂会做些什么。我们中的一个一边接受采访，一边还得让克里斯蒂待在镜头范围内。显然克里斯蒂取得了巨大的成功，那看起来像是在摄影棚地上嬉戏的场景，其实不过是在努力不让他逃跑。

上电视之前，没几家报纸对克里斯蒂感兴趣。突然间他家喻户晓，人们对他好奇心大增，但是采访我们的人似乎有点失望，因为拥有一头狮子没他们想的那么复杂。他们发的往往是克里斯蒂打哈欠的照片，他露着牙齿，看起来确实像在凶恶地咆哮。出名对索菲斯托凯特不是坏事，但我们认识到，如果曝光继续下去，我们必须对照片的刊印采取控制手段，这样至少克里斯蒂的形象能得到准确的呈现。我们遇到了摄影师德里克·卡塔尼，他与克里斯蒂相处甚欢，并开始用照片记录他在伦敦的生活。我们非常欢迎报纸在需要的时候向德里克购买照片。

很多人与我们联系，希望能请克里斯蒂拍电视广告或参加其他各种推广活动。对于我们来说，他的花费是巨大的，为此我们准备适当地参与一些商业活动，前提是不能让他有压力或感到不舒服。他喜欢外出，也喜欢这些零零星星的“工作”，但总的来说，他有着规律的起居和非常稳定的生活方式。他为《名利场》杂志拍摄名为“野性之夜”的照片，用于睡衣广告。这是个简单的活儿，只要求他和一个漂亮的模特一起躺在床上拍照。照片底下的文字这样写道：

> 当心捕人的猫科动物！一些在丛林里追踪猎物，另一些在家逗弄小猫，穿着洋溢着猫一样优雅气质的女式休闲睡衣。我们的女式睡衣并非为孤独的夜晚而备——在你打算扑上前去时穿上吧，如果他无动于衷，再换只猫儿来做伴！

克里斯蒂总喜欢咬人头发，而那模特刚好有一头浓密的秀发。他打算扑上前去，她惊恐万状，居然说道：“我可靠脸吃饭！”由于受到阻止，克里斯蒂转而在山羊皮床罩上咬了个洞，还弄坏了两个缎子枕头。

几个月后，BOAC（如今的英国航空公司）与我们联系。他们将开辟一条飞往非洲的新航线，希望克里斯蒂在

克里斯蒂与小鸡和平相处。

推广活动中露露面。他在活动中引起轰动，轻轻松松地让另两件非洲代表物——盆栽棕榈树和鳄梨黯然失色。他赚了三十畿尼，我们把这笔钱存入他在银行的账户。克里斯蒂开户的照片登在这家银行的内部刊物上，并配以标题："切尔西的强势顾客"。这是说服银行经理同意我们透支的捷径。我们还为报纸拍过一系列复活节照片——克里斯蒂和六只小鸡系列。他出奇地温柔，没发生任何意外事故。

当他大约七个月大，显然不再是小狮宝宝的时候，突然引起了公众更为密切和广泛的关注。令人们感到震惊的是他仍然非常听话。来自伦敦动物园和猫科动物咨询局等处的专家们惊异于克里斯蒂的驯服程度，以及如此端正的举止。如今他较少被看成一个新奇玩意儿，而是更多地被当作"两个澳大利亚人"拥有的伦敦名流。好几家美国和澳大利亚的报纸和电台跑来采访我们。

BBC 电台的早间节目《今日》的主播杰克·德·马尼奥打电话来邀请克里斯蒂接受采访。他听从了我们的建议，事先到索菲斯托凯特来与克里斯蒂会面。我们给他打了预防针：如果克里斯蒂没有心情交谈，他可能会沉默不语，这对电台采访是不利的。鉴于克里斯蒂此前从未吼叫过，杰克·德·马尼奥的听众不大可能成为他初试狮吼的对象。

第二天早晨六点三十分，一辆车来到索菲斯托凯特门前，随后载着我们仨去了广播大楼。到了那里，穿制服的门卫拦着不让我们进门，看都不看皮带的一端牵着的是什么便喝道："狗不准进，这是规定。"

"你们的规定里包不包括狮子？"我们问道。

人们是不会去和狮子争论的，于是当我们大步走过他身边的时候，他迅捷地闪到一旁。

克里斯蒂兴致勃勃地探索广播演播室里的设备——多么诱人的种种线绳和电线啊！同时看着一张张贴在演播室玻璃窗上的脸。他太兴奋了，没心思在采访时"小试狮嗓"。我们只好代表他简短地说了几句，谁知第二天《每日邮报》的标题却是："怯场的克里斯蒂在电台砸锅"。

当天晚些时候，我们在索菲斯托凯特接到BBC的电话。令人大惑不解的是，BBC没作任何解释便唐突地问我们克里斯蒂值多少钱，但这是个我们从来不会加以考虑的问题。几天后，我们读到《每日邮报》的查尔斯·格里维耶的专栏时才明白是怎么回事。文章的标题是：《繁文缛节下的狮子》。

广播四台主播杰克·德·马尼奥试图采访克里斯蒂，
但他并没有为“听众”献声。

BBC规定带入大楼的动物必须有保险，但由于某些疏忽，和管理者一本正经的要求，一个滑稽的场面出现了：着手给已离开的客人办理保险单，可能还包括主持人。尽管那时节目已播出，在演播室里那头动物几乎连哈欠都没打，更别提把德·马尼奥及其团队当早餐了……这位不爱抛头露面的丛林之王价值几何？主人说值五百英镑。

只要世界上别的地方发生狮子或其他野生动物袭击或杀死人的事情，报纸就会给我们打电话。我们热情洋溢地告诉他们克里斯蒂的表现如何如何好，乐于让他们失望。多家报纸发表了许多有关克里斯蒂的不实消息，但令人惊奇的是，我们只遭到过一次带有敌意的回应。

一九七〇年四月，一份美国的报纸发表了一篇文章，之后，一位女士给我们写了封谩骂的长信。她在结尾处写道："当你们厌倦他时会怎么做？现如今想必他在长大，过着你们强加给他的生活，之后他一定会变得凶残而危险。毫无疑问，你们会弄掉他的爪子，甚至还有他的牙齿，如此一来，我敢肯定不会有任何动物园要他。结束他悲惨的生活，让他长眠吧。”

我们永远不会弄掉克里斯蒂的爪子，然而，尽管她不了解克里斯蒂在索菲斯托凯特和我们在一起的真实生活，我们其实和她一样担忧他的未来。

5

囚笼还是自由

到了一九七〇年四月，克里斯蒂厌烦了。这时他已八个月大，长得很快，索菲斯托凯特快住不下了。生活成为翻来覆去的老一套，看起来已不会再给他什么惊喜。让他生气的是，楼梯上他喜欢坐的那个地方已坐不下了。如今他可以极为轻松地爬到店里的任何家具上面，他已有近六十公斤重，一不小心就能打碎平板玻璃窗。他需要更多自由，而我们并不能满足他的需求。现在他已有能力造成严重的破坏，一旦他想做坏事，我们知道自己根本控制不了他。先前克里斯蒂可以为商店招揽生意，现在他的体形开始吓跑顾客。一天下午，曾出演〇〇七的演员乔治·拉扎贝同我们的一个朋友一起过来。当时克里斯蒂正坐在橱窗里，即便是乔治，再怎么劝也死活不肯进店。于是，克里斯蒂只能差不多整天待在地下室里，他渐渐开始对任何形式的约束都感到恼怒。

他不满意，我们也是。这已成为我们的巨大负担。我们对克里斯蒂负有责任，同时也必须避免任何危险局面的出现。被动地等待、放任他的不满爆发显然是不可行的。

关于他未来的问题，从一开始就悬在我们头上，现在已不可回避地摆在面前。我们重访了朗利特野生动物园，就像我们之前说的，看起来它给英格兰的狮子提供了最好的生活环境。这次我们对狮子的了解已丰富了许多。他们知道克里斯蒂有可能很快会去那里，所以骄傲地，但也是错误地向我们展示了朗利特的另一面。我们发现朗利特－奇普费尔德合伙企业已开始从事大规模商业活动，除了公园里的狮子之外，玛丽·奇普费尔德还向电影和电视公司提供动物出租服务。还有，我们看到有些狮子显然是属于巡回马戏团的。我们不能确保克里斯蒂会被引入一个狮群，生活在公园里，而不是被用于更明显的商业目的。由此我们认定，朗利特野生动物园不再是克里斯蒂令人满意的归宿。

把他送给一家动物园，对我们而言是一种难以承受的对诺言的背叛，对克里斯蒂来说更是困难得多的事情。我们希望现在能找到这么一个人，他有一处乡村大庄园，能像我们一样爱他、关心他。为了看看是否还有别的选择，我们走访了几家私人动物园。它们的环境或许比城里的动物园更天然，但也更业余，不过对动物的约束与麻木不仁却是如出一辙。

一天下午，演员比尔·特拉维斯来到店里，很快他的妻子，演员弗吉尼亚·麦肯娜也来了。他们在一九六六年的电影《生而自由》中联袂出演，这个电影讲的是母狮伊尔莎由乔伊和乔治·亚当森放归自然的故事。和那本书一样，这部电影引起了巨大轰动。尽管我们对他们二人都不熟悉，我们还是认出了他们。开始我们以为他们是冲着狮子来索菲斯托凯特的。令我们失望的是，他们只是来买一张松木桌子，但我们禁不住想把他们介绍给克里斯蒂。他们吃惊地看着一头狮子跑向我们，热情地和我们打招呼。我们给他们讲了克里斯蒂和我们住在一起的情况，他们理解我们解决狮子将来的问题时所面临的困境。二人对我们将克里斯蒂从哈罗德百货公司的笼子里“救援”出来的行为表示高兴，但不赞同我们购买和运输珍稀动物。出演《生而自由》之后，他们便将自己的生活重心放在了动物保护方面的纪录片制作事业。有关狮子的知识，比尔和弗吉尼亚比我们广博得多，我们不停地问这问那。他们说乐于再来店里，再来看克里斯蒂，这让我们非常愉快。

几天后，比尔和詹姆斯·希尔来到索菲斯托凯特，后者是《生而自由》的导演。我们奇怪为何詹姆斯会来，为何他问了许多关于克里斯蒂的问题。随后，比尔邀请我们去他位于杜金附近利思山的家中赴宴，我们又惊又喜。他说会让我们看一部他制作的纪录片，是关于那些生在囚笼里的狮子的。

与电影明星共进晚餐。一切看起来都恰如其分：詹姆斯·希尔开着他的劳斯莱斯到索菲斯托凯特接上我们，在“世界尽头”人们惊讶的目光中，我们神气活现地飞速驶向萨里郡。饭后我们观看了比尔的电影《狮子是自由的》，它讲述了那些参加《生而自由》电影拍摄的狮子们后来的事情。《生而自由》用了二十四头狮子，但与电影的主题相悖，只有三头被允许放归原野，这还是经过乔伊、乔治、比尔和弗吉尼亚长时间的争取，其余的都没有机会回归自然。在影片《狮子是自由的》中，比尔探访了那三头被乔治成功放归自然的狮子，尽管他们已三年没见比尔，但依然记得他，他受到了他们友好的欢迎。

电影结束在了弗吉尼亚去维斯纳动物园看望小伊尔莎的镜头，小伊尔莎是她在拍摄影片《生而自由》时特别喜欢的一头母狮。弗吉尼亚呼唤她的名字，小伊尔莎立刻认出了她，赶紧跑到兽栏前。弗吉尼亚该如何向她解释，为何她们不能像过去那样彼此问候？很明显，克里斯蒂面临极为类似的情况，几个星期之内，我们有可能不得不宣布，他也将处于同样的毫无意义的生存状态。比尔看出了我们的心思，微笑着说："我想我们能帮你们解决克里斯蒂未来的问题。我们愿意安排他飞到非洲，在那里乔治·亚当森可以将他放归原野。"

那感觉就如同监禁判决突然间撤销了一样。在所有出生在欧洲的狮子中，克里斯蒂史无前例地获得了"特赦"。他将回到他的故土：非洲。在索菲斯托凯特初识克里斯蒂之后，比尔就与在肯尼亚的乔治·亚当森联系。让一头四代都生活在欧洲的狮子重回自然，乔治对这一实验产生了极大的兴趣，而且他确信一定能成功。比尔和詹姆斯想为电视台拍一部纪录片，赚得一些收入来弥补此事所需的巨大开支。

我们并非一定要采纳比尔和弗吉尼亚的建议。因为我们确实担心，克里斯蒂一直过着这样远离自然的生活，一种狮子本不应该过的生活，这或许已使其回归自然变得不可能。乔治深信不疑地对比尔说，克里斯蒂还非常年轻，狮子经过许多代的囚笼生活，才会有所退化。乔治想人为组织一个狮群，克里斯蒂将被纳入其中。我们将陪伴克里斯蒂一起去肯尼亚，帮助他开始适应新生活。乔治则会与狮子们生活在一起，喂养他们直到其开辟出自己的领地，并可以像一个真正的种群那样生活。

我们明白，不能想当然地以为克里斯蒂能在野外活很久。一般来说，狮子在动物园里可以活十八至二十年，但在野外只能活大约九至十二年。他们必须与其他狮子争夺领地，也必须面对令他们的猎物数量下降的旱灾，只有最强者才能活下来。当狮子猎捕诸如水牛那样的大型动物时，如果不能一击即中的话，他们很容易受伤，或者被杀。从小在城市被人类照顾的克里斯蒂，一开始就将处于不利地位。然而，他可以就此逃离那种长寿、安全但无所事事的囚笼生活，并且有机会到本属于他的自然环境中拼搏一把。

在回伦敦的路上，我们兴奋地谈论着生活是多么不可思议。如果不是我们而是别的什么人在哈罗德买走了克里斯蒂，现在他会在哪里？如果比尔和弗吉尼亚没来索菲斯托凯特，事情又会是怎样？他们无意中走入我们的难题，参与克里斯蒂的未来规划。当初买下克里斯蒂，我们给自己的生活增加了新的维度，没想到现在也给他的生活带来了新的可能性。就我们而言，这将始终是一段难以忘怀的经历，但如果最后克里斯蒂在囚笼里度过余生，这些回忆将始终带着遗憾。如今，乔治·亚当森给我们的克里斯蒂——一头似乎注定会不同凡响的狮子提供了一个完美解决方案。就在我们回到伦敦的那天夜里，克里斯蒂恰逢其时地初试狮吼。虽算不得成熟，但气概已依稀可辨，令我们感到无比骄傲。

6

狮子在“世界尽头”

比尔·特拉维斯飞往肯尼亚，协助与肯尼亚政府的谈判。他相信这一不同寻常的项目会通过，但计划比预期复杂得多。原则上，准许拍摄纪录片不成问题。这是对肯尼亚很好的宣传，有助于吸引更多的游客——旅游业仍然是这个国家主要的收入来源。而且即便保护动物的初衷是维持旅游业，大部分非洲政府那时也越来越明白此举的必要性。在政府进行干预的那些年里，人们意识到必须采取更多紧急行动，因为人类与野生生物正加速争夺着生活资源和栖息地。同时，肯尼亚政府也想了解乔治·亚当森如何科学地记录放归狮子的过程，特别是针对一头来自英格兰的狮子，这段经历将是独一无二的。

然而，就放归狮子问题，此前一年肯尼亚国内曾有过相当大的争议。一个孩子被乔治·亚当森的某只动物袭击，受了轻伤，这一不幸的突发事件，给我们的谈判蒙上了一层阴影。一些政府官员认为放归活动是有价值的项目，另外一些则觉得，由于先前曾与人类接触，这些狮子可能在狩猎公园里接近人类，从而造成危险的局面。绝大部分人害怕狮子，并且对于非洲人而言，狮子一直是天敌或竞争者，那么为什么还要从英格兰再引入潜在的食人兽呢？

但是，最终肯尼亚政府还是同意，如果能找到合适的栖息地，就准许克里斯蒂来肯尼亚。栖息地必须有水源和猎物，必须位于没有游客，而且最近不可能发展旅游业的地区。那里必须是禁猎区，也没有非洲人定居和畜养牲畜，因为居民和牲畜很容易成为狮子的猎物。在肯尼亚时，比尔找了几个可能的地点，但随后他必须回英格兰，只好留下乔治继续寻找。

与此同时，几个星期以来，我们没有从比尔和弗吉尼亚那里听到任何消息。我们实在不敢打电话给他们，就怕万一他们告诉我们克里斯蒂去不了肯尼亚了。最后，比尔打电话给我们，解释了时间延后的原因。他告诉我们，乔治已找到两处合适的地点，看起来肯尼亚政府会同意我们择一使用。

比尔信心满满，决定纪录片于接下来的周一在索菲斯托凯特开拍。这部纪录片名叫《狮子在“世界尽头”》，由詹姆斯·希尔导演，以重新安排的比尔和弗吉尼亚与克里斯蒂初次会面的场景为开头，随后便照实记录整个故事。这部纪录片将有助于引发人们对保护动物的必要性的关注，而克里斯蒂，由于撞上了大运，将成为这部影片的主要受益者。

我们既兴奋又担忧。自打那次克里斯蒂造访儿童节目的演播室后，我们发现根本无法预料他在拍摄时会有怎样的反应。我们不知道自己会在多大程度上参与影片的拍摄，尽管没有一演成名的雄心，但我们可不接受老套的戏剧格言：莫与动物或小儿争锋。

比尔和詹姆斯提出了严格的要求，拍摄期间索菲斯托凯特必须保持原样。他们让我们穿上华丽花哨的服装，尽可能有“国王路”的味儿，还不得剪去头发，这些要求都让我们懊悔不已。由于店铺将关闭一两天，我们想，让商店看起来尽可能漂亮，是对耐心大度的店主的一种善意的表示。星期天我们重新给墙壁和地板刷了油漆。这比我们原先打算的要“善意”得多，因为庞大的店面让我们忙活了一整天。克里斯蒂只许在傍晚时分，地板上油漆干了之后上楼。当最后一面墙即将完工时，克里斯蒂撞翻了油漆桶，油漆洒得到处都是。他吃了一惊，往后一蹦，但脚下一滑摔倒了。他赶忙站起身来，走向店堂的另一头。我们想这下子完了，黑色的地板上留下了白色的爪印，明天一早就要上镜的克里斯蒂也让人认不出来了，他成了一只白色的动物。直到深夜，我们俩一个重新给地板刷油漆，另一个则在地下室里，用毛巾和松节油拼命地把克里斯蒂弄干净，而他还以为这只不过是一个新游戏呢。

第二天索菲斯托凯特就成了电影片场。一开始，耀眼的灯光把克里斯蒂照得头昏眼花，没见过的设备和摄影人员也让他感到慌乱。然而，这一切却有助于让他出奇地顺从，只有几次他赶走了身边的工作人员。比尔和詹姆斯熟悉如何拍摄动物，他们非常耐心，从不过分苛求。克里斯蒂已厌倦了店里千篇一律的生活，这天他很高兴，因此非常配合，以至于比尔称他为“一条即过的狮子”。我们也得全程参加拍摄，不过我们发现，如果将更多的注意力放在克里斯蒂身上，我们就可以忘记摄像机的存在，克里斯蒂表演得棒极了。遗憾的是,我们本来就没几句的台词,还由于发音“太过英国腔”，而被重新精心配音，成了土腔浓重的澳大利亚口音。

接下来，我们去摩拉维亚花园拍摄，但克里斯蒂不喜欢这么多人分享他的花园，非常不配合。这或许是出于他强烈的领地意识。尽管他平时喜欢追着足球玩，这天他却对足球置之不理。比尔和詹姆斯想拍几个慢动作连续镜头，我们好不容易让克里斯蒂跑起来或动起来，但他一听到拍慢动作的摄像机的声音，就马上停了下来。最终我们黔驴技穷，只好打破了规矩，让他来追逐我们。克里斯蒂无法抵御这一诱惑，甚至不敢相信自己有这般好运气。最终虽然衣服被扯破了，我们还是快乐地完成了这一天的拍摄任务。

几天后，我们看了前两天的工作样片。克里斯蒂看起来很漂亮，他奔跑和游戏的慢动作连续镜头让人看得目瞪口呆，不光是我们，就连比尔和弗吉尼亚，此前也从未看过狮子的慢动作。这是我们第一次真正欣赏到他的力量、威风和堪称完美的协调性。

这或许是克里斯蒂最后一次去摩拉维亚花园，因为尽管摩拉维亚教会的牧师非常喜欢克里斯蒂，他还是不太情愿地告诉我们，不能再让他来这里锻炼了。他自己是非常宽容的，但还有其他人进花园，现在不能指望他们也像我们一样能应付活蹦乱跳的克里斯蒂。可能还有一个原因是，那天克里斯蒂死活不肯从牧师的车子顶上下来。但当我们告诉威廉姆森牧师，几个星期后我们就要去肯尼亚时，他友好地妥协了，允许我们早晨六点三十分去花园。我们的生活由此必须作出相当大的调整，如今克里斯蒂觉得索菲斯托凯特越来越单调而且令人沮丧。他沉闷的一天需要靠下午的外出来调剂一下，因此，早晨的锻炼不怎么适合他。比尔和弗吉尼亚建议，在他们利思山大房子的花园里为克里斯蒂建一个兽栏，这样我们仨在去肯尼亚之前都可以住在那里。

兽栏完成之后，克里斯蒂便永远地离开了国王路和伦敦。他在“世界尽头”的许多朋友聚在一起向他道别。他们在担惊受怕了几个星期之后，终于可以解脱了，留下的只有快乐的回忆。但我们还是有些感伤：我们与克里斯蒂在伦敦度过的五个月快乐、不可复制的时光已悄然而逝。

7

乡村生活

比尔和弗吉尼亚在利思山的大宅周围环绕着迷人的、错落有致的花园，尽管离伦敦不到五十公里，却可俯瞰一片自然气息浓郁的乡村谷地。我们抵达时，他们的孩子和狗已被安顿在了屋里，克里斯蒂品尝到了非洲在向他招手的自由的滋味。在他的生活中，他第一次想干什么就可以干什么。他在草地上东奔西跑，偶尔停下来闻闻黄水仙的花香，穿过圆叶风铃草进入树林。这里环境虽美但和狮子不太相称。他不停地跑回来，向我们表示他是多么快活。

克里斯蒂必须生活在兽栏里，但还好他看起来很喜欢这样。兽栏长二十三米、宽十四米，四周由一棵大树、几丛灌木和一辆吉卜赛大篷车围住。他非常兴奋，第一反应是攀爬大树，但此前他从来没有爬过树，于是不知道该如何转身下来。他只好等我们去帮他。比尔认为克里斯蒂会睡在一丛灌木下，我们则猜想他更喜欢大篷车。我们住在兽栏旁的另一辆大篷车里。此时正值春天，春光明媚，与伦敦相比，此地一派安宁。

在那里的第一个晚上，我们出售了克里斯蒂。我们与制作《狮子在“世界尽头”》的电影公司签订了合同。整个项目耗资巨大，尽管我们一定会全程合作，他们还是要求我们将克里斯蒂的所有权让渡给公司。我们放弃对克里斯蒂未来所有法律上的控制权。公司支付了我们五千英镑，我们努力将这桩交易视作能给他带来最大利益的必要手续。但我们还是感到内疚，更愿意想象克里斯蒂将成为肯尼亚公民而不仅仅是电影公司的财产。

克里斯蒂确实睡在大篷车里。第二天早晨他热情地和我们打招呼，看到我们并未趁着夜色扔下他自己回伦敦，他安心了。环境的改变看来没给他带来什么干扰，他当然也不会知道从严格的法律意义上来说，自己已不属于我们。

我们本以为只会在利思山待几星期，但由于最初提出的那两个地点未获通过，乔治仍然在艰难地寻找着他和肯尼亚政府都认为适合的地点。我们热切地希望带克里斯蒂去非洲，但又担心最终符合条件的地方非常丑陋荒凉。乔治在不停地找寻，我们在翘首等待，时常盼望能早些前往，但一个又一个星期过去了。好在夏季通常是宜人的。平静的时日，我们读书，晒日光浴，与克里斯蒂玩耍，朋友们则会跑来看我们。但由于我们都比较习惯城市生活，偶尔我们中的一个会回伦敦几天。

没想到的是，克里斯蒂在利思山的这段日子会成为他生命中的一个重要阶段。在那里他受到的约束很少，生活也简单得多，而且有一块更为明确的领地。他有生以来第一次体验到一天的自然循环。选择睡在大篷车里是他伦敦生活习惯的遗留。天气热的时候多了，白天他昏昏欲睡，而到了傍晚和晚上，他便会活跃许多。我们与克里斯蒂在索菲斯托凯特生活了五个月，每天按部就班地让他晚上八点半睡觉，如今我们才意识到狮子天生就是夜行动物。我们几乎整天待在兽栏里，如果我们不在，他就会露出不满意的神色。不过一旦我们待在兽栏里,他又常会不理睬我们，因为即便他不想和我们玩，出于“自尊”的一部分，他喜欢我们的陪伴。兽栏的双门系统让进和出都方便安全。

比尔和弗吉尼亚有三个小孩和几条狗，从兽栏里克里斯蒂可以很近地看他们活动。他很想加入他们的游戏。在索菲斯托凯特，如果克里斯蒂不得不待在地下室，楼上发生的事他是不知道的。他不喜欢被排斥在外的感觉，希望能自由决定自己是否愿意参与。在利思山，一排三米多高的金属栅栏让他感到了自己被排斥在外，外面有诱人的游戏，但栅栏却阻止他参与。除非我们和他在一起，否则他会在栅栏前沮丧地踱步，并很快沿着栅栏踩出一条道来。现在兽栏也许已成为一个兽笼，他在里面像动物园的狮子那样，毫无意义地踱着步子。克里斯蒂和那几条狗起初对彼此感到好奇，但很快就都觉得索然无味了。但如果某条狗闲逛得忘乎所以，过于接近栅栏，克里斯蒂会紧张地蹲伏下来，放平耳朵，想象自己没被看见，却忘了自己的尾巴正激动地挥来挥去。随后他冲向栅栏，成功地吓跑了那条狗。这一举动，加上他多次悄悄追踪并将我们几乎扑倒在地的行为，让我们觉得乔治是对的，他的自然本能没有被削弱。

我们决定让克里斯蒂在利思山为将来在非洲的生活作些准备。相比于我们在朗利特野生动物园和普通动物园看到的狮子，克里斯蒂在同龄的狮子里体形较大，但为了新生活，他必须尽可能地再强壮些。经过持续的锻炼，加上这种户外生活，他看起来更健康，并不断迅速成长，如今他的身体与他的头和爪子更加合乎比例了。在他爬过的那棵树上，我们用绳子挂了一个塞满稻草的麻袋，他喜欢击打它，常常让它整个摆离地面。这对以后在肯尼亚的生活很有用，并有助于他的肌肉生长。他已学会在和我们玩的时候，始终收起爪尖。二点五厘米的锋利爪尖是狮子的重要武器，击打麻袋可以锻炼爪子的力量，并教会他如何更有效地使用它们。我们还改变了他的饮食结构。野生狮子通常夜间捕食，吃得很杂。如今，早晨我们给克里斯蒂喂少量的牛奶和婴儿食品，晚间则是一顿大餐。除了给他吃生肉之外，还有肉干、胡萝卜和牛肝，有时我们给他吃牛头或牛胃。他在利思山没有公开露过面，当地的屠夫对我们的肉食需求大惑不解，他问道："你们俩到底在喂什么东西，一条鳄鱼？"尽管他知道我们和比尔、弗吉尼亚住在一起，可无论如何也想不到还有一头狮子。

克里斯蒂新的饮食结构改善了他的皮毛。他的皮毛变得更加厚实柔软，呈现着漂亮的狮褐色。部分黑色鬃毛更为明显，他正在成长为一头极为英俊的狮子。他比过去花更多时间清理和打扮自己，不过他从不像大部分家猫那样过分讲究。他的舌头已非常粗糙，舔我们脸时几乎会划出血来。在咬坏了大篷车梯子的几级横档之后，他的乳牙掉了，几颗新牙长了出来。

在利思山，他有更多的机会表现自己。我们远离了城市生活，有更多的时间和他待在一起，更多地欣赏他，于是我们与他的关系发展得更为深入，更为亲密。每星期尤妮蒂都从伦敦来好几次，来了就陪他一天，还发明了一些新游戏。他特别喜欢和她玩"手推车"游戏，并越来越擅长拍人脚踝把人绊倒的把戏。他有各种各样的玩具，一个新轮胎，几丛灌木可以玩躲猫猫。他心满意足，我们也觉得他好玩极了，有着无法抵挡的魅力。就他的体形而言，他跟我们玩的时候已算是极为轻柔，并且依然很听话。我们的访客进入兽栏与他待在一起，那是绝对安全的。不过孩子就没那么幸运了，他们可能一不留神就会被他拍倒在地。随时准备玩"手推车"游戏的狮子，除了有幽默感之外，必定还有对人类的爱。

下雨的时候，他变得更具野性，这时我们会待在兽栏外。当他知道自己可以扑过来用巨大的前爪抱住我们，从而阻止我们离开时，日子对我们来说就不太好过了。我们拍打他只会让他更坚决。况且在这种状况下拍打一头狮子实属胆大包天。但过了几天，他逐渐明白这种做法是适得其反的，因为这将导致我们跟他待在一起的时间更少。他决定最好还是继续合作。

我们买下克里斯蒂时，他还很小，我们花了几个月时间才与他建立起稳定的关系。为此，我们钦佩比尔和弗吉尼亚的勇气，他们在《生而自由》中扮演角色，与许多作为演员的成年狮子一起工作。他们没什么机会与这些狮子建立类似我们与克里斯蒂那样的关系。由于克里斯蒂很快就将去非洲，就比尔和弗吉尼亚而言，对他特别友善并无实际意义，但他们还是经常到兽栏里来看他。二人与他在一起时，多次与狮子相处的经历使他们对付起克里斯蒂来游刃有余。

克里斯蒂在利思山的生活一直由摄像机记录着，拍摄重点放在他开始回归自然之时。他对纪录片导演詹姆斯·希尔非常着迷，我们得花很多时间阻止他扑向希尔。导演坚称自己不害怕，只不过是不想让他“扯坏了自己的新裤子”。这么说来，他似乎在拍摄的每一天都穿着新裤子，还是在兽栏外执导让他更舒坦些。

比尔决定拍一段克里斯蒂第一次造访英国海滩的场面，对此我们不是很热心。凌晨三点不是开始一天生活的好时候，并且我们知道，在往返将近一百公里的路途中，克里斯蒂可能会伤害到我们。如今他太大了，小车已装不下了，我们只好上了比尔和弗吉尼亚的房车。这也是我们第一次见到英国的海滩，灰暗、阴沉，几无人烟。但黎明很美，我们拍了几组克里斯蒂以及我们四个沿海滩奔跑的镜头。他根本不想下水。他喜欢外出，但对于每次都得拴着皮带等待摄像机摆好位置，他感到厌烦。现如今，惹恼像他那么大的狮子绝非明智之举，于是我们带他回了家。他留在海滩上的爪印必定会使白天来游泳的人大感不解。

克里斯蒂在利思山已待了十个星期了，他的生活正逐渐变得无趣。我们也是如此：我们的大篷车似乎日渐缩小。这段时日淫雨霏霏，无尽的拖延教人情绪低落。克里斯蒂又开始垂头丧气，我们感到，在索菲斯托凯特最后几星期时的那种紧张感再次出现。他偶尔会攀爬兽栏的金属网，于是我们加装了顶棚以确保安全。我们希望那只是他吸引我们关注的一种方法而非尝试逃跑。

一九七〇年八月十二日，克里斯蒂过了他的第一个生日。尤妮蒂为他做了一个肉糜蛋糕。蛋糕上插了一支蜡烛，在克里斯蒂吃掉蜡烛和蛋糕之前，我们许了一个愿：让他快去肯尼亚吧。

8

克里斯蒂的父母

我们必须为克里斯蒂去肯尼亚的行程作准备，因为飞往首都内罗毕的漫长航程会是一场痛苦的煎熬。他将乘坐东非航空公司的飞机，按规定要装入板条箱，安置在增压货舱内。飞机得飞十一个小时，但由于克里斯蒂在利思山就得进入板条箱，因而他至少要被关上十五个小时。当比尔与航空公司商谈行程安排时，航空公司代表说道："这似乎不是什么好主意，特拉维斯先生。您不是真要将一头狮子从英格兰运到非洲去吧？那无异于'拿块煤给纽卡斯尔'[①]。"

我们为克里斯蒂的行程做了全面而彻底的调查，并打电话给几个动物贩运商和动物园，咨询有关安全运输珍奇

①英语俚语，因纽卡斯尔盛产煤炭，故有"多此一举"之义，第九章标题亦出于此。

动物的最佳方法。我们的调查结果表明，对于这个问题，尚无一致的说法，人们对此甚至没有什么特别的兴趣。我们以为当今的动物运输会安排得相当周密细致，但令人悲哀的事实却是，人们对一些动物关爱有加，但对绝大多数运往世界各地的其他动物仍然漠不关心，极少为其提供舒适的旅途环境。比如，关于从澳大利亚运往中东的羊群在轮船上的生存条件，批评声一直未曾中断。

我们咨询过很多人，其中一些人建议，将板条箱做得小一些，让动物在里面无法转身——空间越小，动物移动和伤到自己的概率就越小。我们曾与奥立弗·格雷厄姆－琼斯谈及此事，他是伦敦动物园的资深兽医，曾因尝试给熊猫琪琪进行人工授精而受到大量宣传，名噪一时。实验过程中琪琪就必须在伦敦和莫斯科之间往返运输一次。他建议在克里斯蒂的食物中加入镇静剂，让他适度地镇静，这样可以安全地将他的精神压力最小化，克里斯蒂或许会在睡眠中度过大部分行程。我们最终决定定制一个大板条箱，在里面他可以坐直，可以转身，一面装上栅栏，另一面则是一块活板。我们特别要求板条表面平滑无刺，没有尖锐的棱角，以免他活动时伤到自己。

板条箱运来之后，我们把它安置在兽栏里，这样克里斯蒂可以熟悉它。我们让他待在板条箱里给他喂食，夜里我们将大篷车关上，引导他睡在箱子里。每天我们都要赶他进去待一会儿，这样等到真正的旅途开始时他不会太过不适应。

运送克里斯蒂去肯尼亚，东非航空公司的报价是一公斤体重四英镑，于是我们必须给他称重。我们从那位大惑不解的屠夫那里借了几把秤，把它们系上绳子从树上挂下来。我们将一只空麻袋垫在克里斯蒂的肚子下，将他兜住提起来，悄悄地将麻袋的两端挂在秤底的钩子上。他无助但和善地悬荡在空中。比尔和我们合力将他抬起，当我们看到他重七十三公斤时，一点都不惊讶。另外，还需要一份兽医健康证明，一位兽医为克里斯蒂作了检查，并给他打了预防针，增强免疫力，以保护他在非洲不受疾病侵袭。

我们一直想去看看克里斯蒂的父母，他们在德文郡伊尔弗勒科姆镇的动物园里。在利思山耽搁了太长时间，这下我们有机会去看望他们了。在当时散布于英格兰各处的小城镇动物园中，这是很典型的一家，这些动物园后来大多关门了。伊尔弗勒科姆镇是颇受欢迎的度假胜地，动物园还经营着一些可供食宿的小屋。那里更像是一个蹩脚的露天游乐场，令人失望的廉价小笼子里关着各种各样的动物，有黑猩猩、美洲驼、鸟类，甚至还有几只邋遢的袋鼠。不过狮子却具有明星的魅力，克里斯蒂的父母布彻和玛丽是我们见过的最壮美的狮子。撇开他们受限的生活不说，在这里他们看起来非常健康。野生狮子会在狩猎间歇休息，再次感到饥饿时会采取捕猎行动。布彻和玛丽当然不一样，每天有人喂养，他们夜里不会怒吼，也就不会惊扰附近的度假者。克里斯蒂看起来同他英俊、鬣鬃浓密的三岁大的父亲非常相像。布彻和玛丽是恩爱的一对，但不停地在小小笼子的水泥地上踱步。动物园的主人准备出售他们，开价五百英镑，但我们不敢问比尔，是否布彻和玛丽也能去肯尼亚。

我们向主人打听克里斯蒂姐妹的情况，他告诉我们一个动物贩子的名字，他把她们卖给了他。我们联系了这个动物贩子，但由于他在一九六九年卖掉过五十八只幼狮，而且并没有留下任何记录，所以他能说的就是，他认为她们被卖给了一家马戏团。克里斯蒂在哈罗德那个曾叫作玛尔塔的姐妹被人用一张假支票买走，随即又被转卖给不愿披露姓名的第三方。下面这封寄给哈罗德采购员罗伊·哈泽尔的信提供了一些解释：

HM 监狱

乔布大街

布里克斯顿

伦敦，SW2

一九六九年十二月二十六日

亲爱的先生：

有人告诉我，你和你的同事，那位女士，担心我从你们那里得到的那只小狮子的情况。我可以让你们把心放在肚子里，并且告诉你们，她现在住在一个好人家，那里有个很好的有供暖的牲口棚，还有大花园可以玩。两个善良的女孩把她当作家里的宠物来照看，她还能吃上最好的食物。每天有一打鸡蛋和新鲜的牛奶，还有许多肉吃，她可是在一个电影明星的家里。因此别为她担心，请告诉那个曾照看过她的女士，她不可能找到比这更好的家了。这会使她稍稍安心一点，因为我知道她非常喜欢那头小狮子。请别担心，她正受到很好的照看。

您真诚的，

J.R. 斯代尔斯

尽管有这封信，他们也努力寻找过玛尔塔，但她仍杳无音讯。

讽刺的是，许多狗和猫有谱系，但追溯一头狮子的家族历史几乎是不可能的，因为极少有记录保留下来。今天这一情况得到了明显的改善，那些免遭关门噩运的国家动物园为了保护基因库，必须保留单个动物的准确记录。布彻是从鹿特丹动物园买来的，或许与伊尔莎有亲属关系，因为一九五六年乔伊和乔治·亚当森曾将伊尔莎的几个姐妹送到鹿特丹。克里斯蒂的家族史真实记录了被囚禁动物的令人沮丧的命运，我们购买克里斯蒂的行为也在无意中延续了这一状况。

我们不禁将克里斯蒂的未来与他父母的生活作了一番比较。自由取代了水泥地、栅栏和令人厌倦的一切。我们从未见过哪家动物园里的动物既被圈禁起来，同时又能生活得快乐。动物园应该被持续监管，并有一定的管理标准。尽管如此，我们觉得一味地反对动物园也是不现实的，因为今天的动物园负责进行极有价值的科学和基因研究，这将能确保一些濒危物种得到保护。阿拉伯大羚羊、南非的白犀牛以及肯尼亚和坦桑尼亚的黑犀牛，这些动物在其自然栖息地已近乎灭绝，在保护中心得到了救助。

克里斯蒂唤醒了我们对于所有动物的责任感。比尔和弗吉尼亚都说过，在拍摄《生而自由》时与狮子们相处，对他们的生活产生了巨大的影响，我们也时常与他们探讨野生动物的留存和保护问题。我们第一次认识到人类是多么短视。随着人类和野生动物对于栖息地、资源，包括水源的争夺日渐激烈，环境日益恶化，以及气候变化带来种种后果，我们当时谈及的许多问题，日后变得更加亟待解决。对我们而言，越来越明确的是，人和自然是相互联系的，任何解决方案都必须经过整体考量。

坐在利思山上的大篷车里，我们决定创建一家世界最佳动物园。我们的动物园将成为所有动物园的模范，尽可能为圈禁的动物提供最好的生活条件，让人们可以获得关于动物生活的最新信息。世界上的专家将与一流建筑师和设计师协同工作，创造一个安排得最为周密细致的生态环境。除了我们完美的展出对象——更健康、更快乐的动物之外，我们将还设立几个讲堂，动物学家和其他专家可以在那里面讲演，还可以播放反映动物自然生活的野生物种纪录片。我们还要设几家书店，一个收藏图书和影片的图书馆。我们的动物园将成为研究和信息中心，为世界各地的人们提供保护和照看圈养动物方面的标准和建议。

我们开始考虑如何能为克里斯蒂设计一个更合意的兽栏，让他感觉更自在些。为什么这么多动物园里的动物不得不生活在单调划一、没有丝毫变化的环境中呢，那里只有实用但冰凉的水泥地板，设计上没有任何想象力的兽栏和笼子。为什么没有那种中间是封闭的走廊可以让人步行穿过，而动物则可以在人类周围几乎所有地方自由活动的兽栏呢？这样至少会减少些被限制的感觉。今天回头看去，我们高兴地发现，人们在重新设计和建设围场时采纳了上述的某些想法，并且优先考虑动物的福祉。德国的法兰克福动物园是这方面的领先者，还有，在澳大利亚的塔隆加保护区，人们已设计出了一些富有想象力的围场。

我们在利思山等待的时间实在太久了，克里斯蒂又长大了一圈，装不进原先那个板条箱了。我们注意到，当他被赶进箱子的时候，有时会失望地用爪子抓竖直排列的板条，并磨破他的肉掌。在定制下一个更大的板条箱时，我们要求板条水平排列，这样他再抓板条时就不会伤着自己。尽管这家公司为动物园和动物贩子制造板条箱已好多年，但从未有人要求他们作这一相当显而易见的改进。在我们看来，这似乎表明了那些贩卖动物的人是多么的麻木。

在利思山待了三个月后，我们开始担忧乔治可能永远不能为克里斯蒂找到合适的放归地，这令我们感到绝望，此外，我们可能要被迫去面对种种变数。无尽的拖延和逼仄的生活条件让我们沮丧。至此，我们已不那么对明星着迷了，我们怀疑自己会在电影里被塑造成什么样子，同时担心，克里斯蒂正逐渐沦落为比尔·特拉维斯和弗吉尼亚·麦肯娜又一部野生动物纪录片中的又一只动物。但克里斯蒂的故事是独一无二的。他无疑是这部电影中的明星，而我们全是小角色。随后，就像在伦敦那样，当情况看起来就要逼近崩溃临界点时，克里斯蒂生活中的下一个舞台便会适时出现。乔治·亚当森发来了一份电报。几天后，克里斯蒂将离开英格兰远赴肯尼亚。

9

“煤块回归纽卡斯尔”

一九七〇年八月二十二日下午三点三十分，克里斯蒂在引导下进入板条箱，这一待不是惯常的几分钟，而是至少十五小时。如注的大雨是他对英格兰最后的记忆。我们喂他吃了几片放了少许镇静剂的肉，随后把箱子抬上货车，准备驶往希思罗机场。狮子不会有什么行李，我们将他的皮带留下，因为它已再无用处了。尤妮蒂当然已来过利思山向他道别，眼泪汪汪地承诺将去肯尼亚看他。

跟着比尔和弗吉尼亚的车，我们和克里斯蒂坐在货车里前往机场，克里斯蒂有些迷惑，但并不恐慌。载着我们摄影师的那辆车被警察拦了下来，因为既没有事先申请拍摄，又干扰了交通，造成了堵塞。然而，弗吉尼亚·麦肯娜的影响力加上去往非洲的狮子，终于使有些吃惊的警察网开一面，放车队通过。抵达希思罗机场后，我们将车直接开到停机坪，停在东非航空公司的飞机旁。板条箱裹上了打包麻布，可以在长时间夜间飞行时起到御寒作用。镇静剂颇有效用，尽管别的飞机在边上发出嘈杂的轰鸣声，还有好奇围观的人群，克里斯蒂仍显得相当放松。下午五点半，叉车将板条箱叉起，送入狭小的飞机增压货舱。这是一个令人激动也让人担忧的时刻，因为我们都清楚，在货舱里，独自待在行李中间，克里斯蒂有死掉的可能。

晚上七点，我们离开了英国，同行的有比尔和电影摄制组，还有待在我们底下某个地方的克里斯蒂。在抵达肯尼亚的乔莫·肯雅塔机场之前，唯一的计划经停地点是一小时后的巴黎。经批准，我们爬进了货舱，发现克里斯蒂正平静地身处梦乡，我们心中悬的大石头终于放下来了。我们断定不必再给他服用镇静剂，只是透过板条的缝隙放进几片肉，并给水碗里又加了些水。但是，最费劲、航程中最长的一段还在前头。

早晨七点我们降落在了内罗毕。总以为非洲应当是阳光普照，就像在澳大利亚或加利福尼亚，然而这天却是多云且有些冷。我们确定此时并非雨季，但忘了已时值冬日。在停机坪上，我们焦急地等待着克里斯蒂的箱子卸下来。他还活着！他的苦难经历快结束了，但他已不再平静，显得相当狂躁不安。我们在那里见到了乔治·亚当森，他安排将克里斯蒂运到一处关动物的兽栏，让他在那里等着，而我们则去入境处和海关接受检查。克里斯蒂从板条箱里被放出来，得了极大解脱，热情地和我们打招呼。乔治称他为“英俊友善的小家伙”。尽管克里斯蒂既没有受伤也没落下疤痕，他走起来还是摇摇晃晃的，并且看上去已筋疲力尽。他睡眼惺忪，皮毛无光，似乎瘦了些。但我们几乎不敢相信，经过了种种拖延和阻碍，克里斯蒂已安然抵达肯尼亚，逃脱了在英国于圈禁中度过余生的命运。

我们终于见到了乔治·亚当森，他曾放归了伊尔莎，是世界上最了解狮子的人，他将引导克里斯蒂回归自然。他相当瘦小，利落干练，穿着熨洗得整整齐齐的狩猎装，一头拾掇得妥妥帖帖的灰发，颏下一撮尖尖的山羊胡子。他话虽不多，但蓝色的眼睛目光灼灼，似乎在检视我们。他说克里斯蒂一下子就获得了他的信任，而对我们则没什么把握！几天之后，他与我们的相处才自在随和起来。他聪

乔治·亚当森、比尔·特拉维斯、
艾斯、约翰和克里斯蒂在内罗毕机场。

明风趣，承认自己对放归克里斯蒂这一艰巨任务充满兴奋之感和热切之情。

肯尼亚政府指定的地点在加里萨附近的科拉，位于内罗毕东北四百五十公里处。去科拉的路途，最后的三十多公里是乔治的兄弟泰伦斯·亚当森和一个非洲劳工从灌木丛中披荆斩棘开辟出来的。比尔和乔治决定整个行程分两段走，以便有充分的时间准备好营地，迎接我们的到来。同时，这对克里斯蒂而言也更舒服一些。

之所以会把科拉划给我们，是因为别人都不要。据乔治描述，那是肯尼亚一处荒凉、没有吸引力的地方，几乎没有非洲人居住；那里有携带病菌的采采蝇，到了雨季，那里便进不去了。猎物虽然谈不上丰富，但对于克里斯蒂和乔治打算构建的狮群中其他狮子来说，是足以填饱肚子的。为了独家使用这块没人要的地方，电影公司必须一年支付七百五十英镑。

克里斯蒂将在机场的临时兽栏里待两天。我们则待在内罗毕，每天几次开车去那里看他，喂他吃食。我们不在的时候，他显然很喜欢睡觉，此次飞行似乎已让他精疲力竭、找不到北了。我们的到访吸引了大量的非洲人跑来看，我们才知道其中大部分人从未见过狮子和许多别的本地动物。在早些年，只有游客有钱去狩猎公园。每次克里斯蒂走向兽栏大门，人群便惊恐地向后退去。我们在机场同各色官员交谈时发现，他们显然不明白我们为什么要放归一头狮子，更别提还如此大费周折地从英国空运一头过来。

我们参观了内罗毕国家公园，看到许多动物在自然环境中生活，那里离内罗毕仅二十四公里，希尔顿酒店清晰可见地矗立在地平线上。比尔找了个机会，将电影中在英国拍的一些粗剪片子放给乔治和其他几个人看，乔治也是第一次看到由摄影机拍下的狮子慢动作镜头，对此他特别感兴趣。

两天过去后，克里斯蒂完全恢复过来，于是第二天清晨，我们乘坐几辆路虎越野车离开内罗毕，开始第一段行程。克里斯蒂坐在乔治的路虎车后部，让我们担忧的是，他不停地走来走去，使劲用鼻子和额头蹭他和前座之间的铁栅栏。我们不时地停下来给他喝水，努力安抚他，乔治或许认为我们没有必要担心这头让我们娇惯坏了的狮子。有一次停下来时，乔治警告我们，如果我们让克里斯蒂下车，他可能会跑掉。出乎乔治的意料，克里斯蒂顺从地跳回车里，我们感到非常骄傲。

随时间推移，周围的环境变得越来越热、越来越干、越来越荒凉。乔治描绘的科拉曾让我们沮丧，现在我们亲眼看到了克里斯蒂将要生活的这个国家的自然状况。我们开了三百二十公里，在夜幕快要降临时抵达了一个临时营地，这是由负责照料我们的旅游公司准备的，我们将在这里过两夜。克里斯蒂累坏了，我们领他进了特意为他建的一个小兽栏。我们决定把床都安在兽栏里陪他，他迅速爬上其中的一张，倒头便睡。这便是他在非洲荒野的第一夜！

在宁静、凉爽宜人的非洲夜晚，我们坐在一张华丽的桌子前，身穿蓝色土耳其宽袍、红色西班牙短上装，戴着帽子的非洲人，给我们端来美味的食物，一共有三道菜。这似乎不太真实，但让人十分惊喜。席间，乔治颇为随意，让我们免去姓氏直接叫他乔治，并告诉我们另外几头狮子的事情，他们将和克里斯蒂一起被放归自然。为了建立这个人工种群，乔治已让另外两头狮子在奈瓦沙等待。其一是卡塔尼娅，一头四个月大的母狮，被人发现并交给了乔治，据推测她的母亲已经死了。另一个名叫博伊，是一头七岁大的雄狮，曾有过非凡的经历。

一九六三年，还是狮宝宝的博伊和他的姐妹吉尔遭遗弃或是迷了路，驻扎在内罗毕附近的苏格兰近卫团上士李夫斯发现了他们。军士的妻子海德加德和两个年轻的女儿对他们关爱有加，将他们养大。他们非常友善而讨人喜欢，成了团里的吉祥物。近卫团要回英国的时候，甚至有人提议让博伊和吉尔跟他们一同回国，幸运的是他们被交给了乔伊和乔治·亚当森以放归自然。在回归原野之前，他们俩曾在电影《生而自由》中出境，吉尔扮演伊尔莎。这部电影中用过的狮子大部分被卖给了动物园和马戏团，这激怒了乔伊、乔治、比尔和弗吉尼亚，同时也引发了广泛的争论。一九六五年四月，博伊和吉尔与乔治一起搬到了梅鲁国家公园。

对他们的放归是成功的，但在一九六九年十月，乔伊意外发现了消瘦且受了重伤的博伊，他可能遭到过一头水牛的袭击。资深野生动物兽医托尼·哈尔松博士和他的妻子苏给他动了手术。经过复杂的操作，他们将一根钢钉植入博伊的腿中。乔伊和乔治在奈瓦沙照顾了他九个月。巧的是，比尔因克里斯蒂的事情联系乔治时，适逢博伊近乎痊愈可以再次放归的时候。乔治将离开营地几天，去奈瓦沙将博

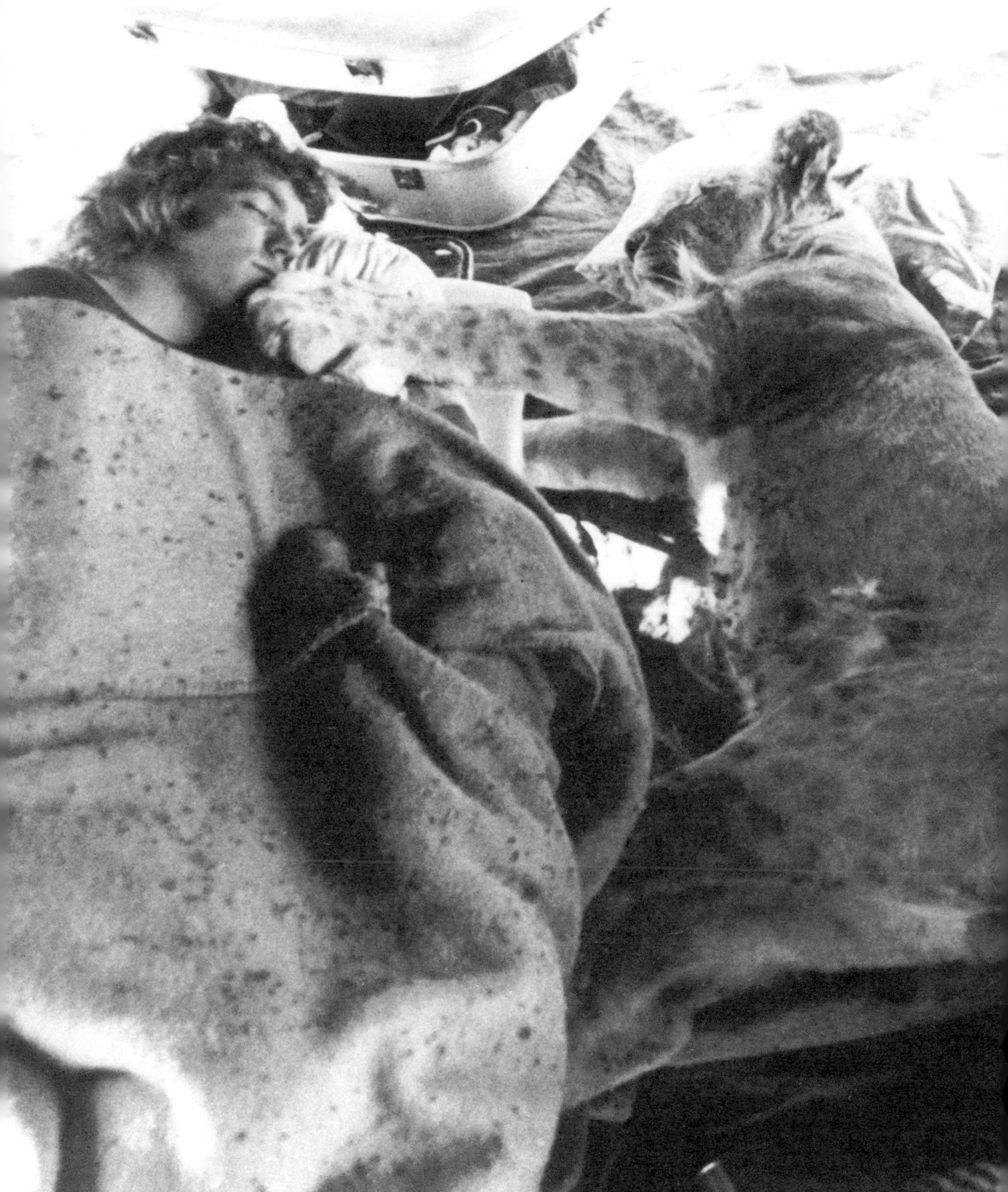

克里斯蒂在非洲荒野的第一晚，他十分安心，轻抚约翰的脸颊。

伊和卡塔尼娅带过来。

第二天早晨，克里斯蒂开始了他在非洲的第一次漫步。我们仪式性地取下了他的项圈，现在可以永远地抛弃它了。我们与比尔和乔治一起跟在他后面。乡野凄清荒芜，只长着一些带刺的灌木，一切都平淡无奇。在伦敦家具店里显得如此庞大的克里斯蒂，在周边事物的映衬下显得又矮又小。天气极热，他只是静静地走着，默默适应着一切。凭着本能，他知道如何用牙齿把刺从柔软的脚爪上拔除，我们看出，他皮毛的颜色是一种自然的伪装色。显然他来对了地方。

这是一个缺水的地区，我们认为不太可能看到其他动物，但那天下午晚些时候，一头迷了路的贡比——一种大型非洲驯养母牛，悠闲地朝营地走来。它离开了牛群，正在寻找水和食物。克里斯蒂瞧见了贡比，立马开始追踪它。贡比长有巨大锋利的角，乔治提醒我们阻止克里斯蒂，因为他没什么经验，很容易受伤。克里斯蒂并不听话，于是乔治赶紧跑到他的路虎车上，将车开到克里斯蒂和贡比之间，贡比随后跑开了。在克里斯蒂追赶之前，我们俩抓住了他，把他弄进路虎车里。克里斯蒂有生以来第二次把耳朵放平，咆哮着发出警告，我们立即放开了他。贡比不见了，克里斯蒂理所当然地生着气，颇不情愿地跟着我们回了营地。

克里斯蒂追踪贡比时完美展现出的本能给乔治留下了深刻印象，他向我们解释克里斯蒂如何利用天然的灌木丛进行掩护，并使自己的移动路径呈一个巨大的扇形，准备实施攻击。他走位正确,这样风就不会将他的气味带给贡比，从而引起猎物的警觉。乔治说:“让年轻的克里斯蒂适应野外生活不会有什么麻烦。”我们再次感到非常骄傲。

距离我们在科拉的营地还有一百三十公里。道路坎坷不平，覆盖着一层火山灰，我们只好开得很慢。随着我们离设在塔纳河旁的营地越来越近，乡野之地开始变得稍稍肥沃和多彩一些了，这让我们感到欣慰。我们看到了大象、非洲水羚，还有一些长颈鹿，在我们眼里，非洲开始有了生气。我们路过一个村庄，那里的居民衣着朴实，戴着项圈和手镯。他们是我们看到的第一批明显仍按几个世纪以来的传统方式生活、没有穿单调乏味的西式服装的非洲人。

最后的三十多公里，尤其是在穿越多沙的河床时，我们必须经常使用路虎车的四轮驱动系统，很明显，这就是该区域在雨季有时无法进入的原因。傍晚时分，我们到达目的地。出乎意料的是，营地四周景致不错。我们的帐篷支在了宽阔的塔纳河畔颇具特色的埃及姜果棕中间。克里斯蒂的长途跋涉就此结束，而我们似乎还不能相信已真的把他带到了他将要生活的地方。当然，未来无疑还有许多挑战，比如遭遇其他狮子……简单地说，就是如何活下去的问题。

第二天早晨，乔治走了，去奈瓦沙领博伊和卡塔尼娅，他得离开好几天。我们被彻底宠坏了：帐篷很舒服，没有蚊蝇，饭来张口，有热水淋浴，衣服有人洗，好像还熨过。克里斯蒂的兽栏就在帐篷附近，他晚上睡在那里。旅游公司的非洲人害怕他，如果他不停地招惹他们，白天我们就不得不把他关进兽栏里。由于天气炎热，我们都无精打采。克里斯蒂就像最糟糕的游客，躲避着太阳，一有机会就懒洋洋地赖在我们的床上，或许在梦想着英格兰凉爽的气候。

清晨天气尚未炎热之时，或是时近傍晚，我们会和克里斯蒂一块儿去散散步。在英格兰过了八个月饱受约束的生活之后，只是和他一起散散步就能感受到自由，这种感觉我们永远不会忘记。克里斯蒂大摇大摆地在前面开路，而且总是要走在最前头。不过他还是服从纪律听指挥的，

塔纳河边的第一个营地。

没有一点自顾自乱走的意思。所幸其间我们没有遇见其他动物，因为在那次遭遇贡比之后，我们就知道自己没有能力阻止他。如果我们下河游泳，他就坐在阴凉的地方看着。隔着河冲他吠叫的狒狒让他着迷，同时他还观察着偶尔露出水面的河马，至于鳄鱼，我们一露面，它们就全都滑进了水里。

拍摄工作仍在断断续续地进行着，让所有人惊讶的是，“国王路的澳洲佬”比摄制组的英国人更快地适应了非洲。

我们习惯了炎热，从未晒伤，会开车，有良好的方向感，喜欢灌木丛，在河里游泳，而且，日后的生活表明，我们与狮子们相处也更加自信和自如。

克里斯蒂在一些方面还是菜鸟，要学的东西很多。他的大脚爪还颇为笨拙，不能靠它们爬上岩石，我们常常得演示给他看或者帮他一把。他生命中第一次不再离了我们就无法嬉戏，但对于他没有兴趣独立探究事物这一点，我们稍稍有些担心。我们清楚他自己会将脚爪肉掌上的刺拔出来，但他常常流露出一副无助的样子，等着我们帮他拔。他的肉掌仍然柔软，但由于长时间行走，也由于这些刺，它们已开始坚硬起来。

他心满意足，自由自在，对我们极为温柔。尽管现如今他已是庞然大物了，但有时还会不由自主地扑到我们怀里，这一充满爱意的举动现在几乎已能将我们撞倒在地。很快别的狮子就要来了，我们希望他们会让他的生活更完满。

10

狮子世界里的狮子

当乔治去奈瓦沙接博伊和卡塔尼娅，而我们待在河边的时候，泰伦斯·亚当森则忙着在离塔纳河几公里的景致稍逊的地方，为乔治建一个长久性的营地。这将可以阻止狮子们游过鳄鱼出没的河水到对岸去，对岸是一个“狩猎区”。猎人付钱办了执照后，就可以在那里猎取特定的动物，狮子在那里有实实在在的被射杀的危险。乔治打算在科拉生活至少两年，以便有时间建构一个狮群，同时狮子也有机会建立他们的领地，并学会独立活动。这第二个营地有两个铁丝网围成的大兽栏，里面搭了几间简陋的小屋和几顶帐篷。

几天后，乔治带着博伊和卡塔尼娅回来，他们直接被带到他的营地去了。经过两天，他们已从长途跋涉的劳累中恢复过来，是时候将克里斯蒂引见给非洲狮子了。在他的回归路上，最初的考验就是他能否与其他狮子共处，融入狮群的生活中去，并且不因过去和人类一起生活的经历而处于弱势地位。乔治解释说，引见将会是一个渐进的过程，或许要几个星期甚至几个月。他想和克里斯蒂住在一个兽栏里，让博伊和卡塔尼娅住在旁边的兽栏，两者之间用牢固而高大的铁丝网隔开。相邻而居，他们会逐渐熟悉起来，最后完全熟识。无论是人类之间还是动物之间，事先都难以预测一段关系是否和谐，尤其在克里斯蒂和博伊的关系上更难办，他们年龄不同，而且又都是雄性。

不知会发生什么，我们既兴奋又担忧，领着一无所知的克里斯蒂去了乔治的营地。他跟着我们进了第一个兽栏，我们看见卡塔尼娅和博伊在另一个兽栏。卡塔尼娅娇小可爱，但吸引我们注意力的是博伊。他体形庞大，令人印象深刻，站在那里一动不动，双眼盯着克里斯蒂，而后者立刻意识到了博伊的在场，连看都不想看他，不出所料地慌乱、害怕起来。我们走向比尔和乔治，他们站在离分隔铁丝网几步远的地方。克里斯蒂勉强地跟着我们，慢吞吞又小心翼翼，目光躲避着博伊。他不知所措地蹲在我们后面，靠着我们的腿。卡塔尼娅意识到有事要发生，明智地躲得远远的。突然，伴随着一声震耳欲聋的咆哮，博伊凶猛地扑向克里斯蒂。受到狮子的重压，铁丝网微微有些变形，我们都散开了。可怜的克里斯蒂待在原地，蜷缩起身子，低吼着。博伊一时间心满意足，走开了。克里斯蒂吓坏了，需要安慰。他倚着我们的腿，坐在我们脚上，坚决不让我们离开。发现自己并非世上唯一的狮子，显然对他是一个打击，更糟的是，他第一次遇到的这位个头至少是他的两倍。我们在离铁丝网几步远的地方等了约半个小时。博伊始终冷冷地盯着克里斯蒂，后者不是坐在我们脚上，就是躲在我们腿后假装睡觉。博伊又有几次扑向克里斯蒂，后者还是退缩、低吼。

我们离开了铁丝网，首次引见就此结束。博伊的举动恰如所料，他是成年狮子，必定要克里斯蒂表示臣服，同时乔治指出，克里斯蒂的行为也在预料之中，在年长的雄性面前退缩，表示服从。克里斯蒂紧张了一整天，尽管他不断地瞟着博伊，但始终待在我们旁边，离铁丝网远远的。当晚，我们把他的床放在我们的中间，但博伊有力而让人不安的吼声把我们从睡梦中吵醒，让我们和克里斯蒂感到害怕。

令人害怕的一幕：博伊扑向铁丝网，要克里斯蒂表示臣服。

第二天的大部分时间，克里斯蒂都赖在乔治的床上，尽管只要他愿意，就可以自由地离开兽栏。他老是待在家里赖在床上，并且看起来对博伊或卡塔尼娅不感兴趣，我们对此很担忧。他偶尔会冷冷地瞟一眼隔壁兽栏里的他们。但傍晚时分，他走进了离分隔栅栏几步远的范围内。卡塔尼娅走了过来，并真的有点跟他调情的意思。克里斯蒂无疑是有兴趣的，但并未走得更近些。博伊冲向他，他还是退缩。随后他若无其事地转身跑回我们这里，我们感到他跨出了积极的一步。

第二天早晨，乔治在两个兽栏之间安了个小门，这样卡塔尼娅既可以和博伊待在一起也可以到克里斯蒂这边。关键性的引见虽是博伊和克里斯蒂之间的，但卡塔尼娅可以起到穿针引线的作用。她试探性地穿过小门两次，但克里斯蒂还是在床上睡觉，没看见她。我们又一次为克里斯蒂缺乏与其他狮子交流的兴趣感到担忧。他假装他们不存在，但我们觉得他清楚地知道他们的一举一动。

后来我们带他去散步，离开了博伊和卡塔尼娅，他似乎轻松了许多。乡野无边无际地延伸着，只是偶尔有岩石凸起。乔治选择营地地点时考虑了很多因素，科拉岩巨大的凸起可俯视营地，是狮子用于观察的理想之地。此地虽不如塔纳河迷人，但也相当漂亮：灰色和棕色深浅不同的色调，干涸的水池四周有一块块绿斑。土地贫瘠，主要覆盖着低矮多刺的灌木，对于狮子而言，这是个艰苦的地方。克里斯蒂来到了可以称作是另一个“世界尽头”的地方。

回到营地，他逗弄起那些正在造小屋的人们：他咬咬人家的屁股和膝盖，跳到人家正准备搬起的东西上。这些非洲人已熟悉了克里斯蒂，但常常还是怀有戒心，因为狮子是他们一贯的敌人。乔治饶有兴趣地发现，不像其他狮子，克里斯蒂没有肤色偏见。博伊接纳欧洲人，但每次非洲人离他的兽栏太近时，他就会凶猛地低吼，克里斯蒂却不这样。那天下午,他把我们所有人都逗乐了。他似乎只是在反串一头狮子。

克里斯蒂兴致高涨，挑逗起了博伊。他几乎将全部注意力都放在博伊身上，稍后居然大胆地大步走向分隔铁丝网，并且躺了下来。博伊冲了过来，克里斯蒂转身逃开。但是几分钟后他又回来了，显然是在撩拨博伊，博伊对这种无礼的举动已出离愤怒，又一次怒火中烧地冲了过来。克里斯蒂甚至将头从卡塔尼娅进出的小门处探了过去，但博伊一发觉，他就赶紧缩回来。或许始终与他们没有接触让他感到无聊，但奇怪的是他似乎还是觉得与人类在一起比与狮子在一起更自然。我们确实看起来更能欣赏他。

第二天，乔治相信是时候让克里斯蒂和卡塔尼娅碰面了，自从第一次探险之后便不再愿意离开博伊的卡塔尼娅，穿过小门到克里斯蒂那里去了。一头完全成熟的狮子和一头四个月大的母狮之间情感如此深厚，这是非同寻常的，因为在自然种群中，成年狮子几乎不与幼狮接触。但自从他们在奈瓦沙共同生活开始，博伊就被分派担任代理母亲的角色，尽管这对他来说可能有些尴尬。

乔治带着博伊离开他的兽栏，安全地待在铁丝网另一边的克里斯蒂在他走过的时候，悄悄地靠近了几步。博伊冲向栅栏，但他的冲击现在似乎已不那么令人信服了，我们怀疑他很快就会对这一必要的权威宣示感到厌倦。有趣的是，这次他冲击的时候，克里斯蒂虽仍像平常一样低吼，但他第一次翻过身来仰卧，这正是博伊所要求年轻狮子臣服的姿势。

博伊出去后，我们就可以领着克里斯蒂从大门进入另一个兽栏。他走到另一头，卡塔尼娅在那里踱着步，与博伊的分离令她悲伤。克里斯蒂自信地上前，他们友善地碰

克里斯蒂与卡塔尼娅的首次接触。

了碰头，交换了一个完满的问候。他兴致勃勃，不断地舔她、闻她。博伊在外面目睹了全过程，妒火中烧，但在他冲向栅栏表示反对之后，却也只能作罢。

克里斯蒂和卡塔尼娅一起玩耍，尽管他比她大得多，但他非常温柔。只有很少几次，他对她过于粗鲁，引起了她的尖叫。他跟着她，轻拍她的后腿，绊倒她。这个游戏是在利思山的时候，他和尤妮蒂一起发明的。克里斯蒂很高兴，能有一头狮子一起玩。而且在这之后我们觉得他有些沾沾自喜，竟对我们爱搭不理的！

博伊被领进我们的兽栏，卡塔尼娅从小门跑过去迎接他。闻了闻她之后，他一脸怪相，露出牙齿表示他不高兴她身上有克里斯蒂的气味，但他们之间的关系已经又往前推进了一步。我们对于和博伊一起过夜感到非常不安，因为我们还未被介绍给他。令人恐惧的是，他选择睡在我们的帐篷里，我们当然不敢争辩。这真把我们给吓坏了。我们不了解他，他也不了解我们。况且我们还与克里斯蒂，也就是那个他视作威胁的年轻雄性狮子是一伙的。好几次他用巨大的牙齿把我们的胳膊轻轻抬起来，此时很难不惊慌。但快速、意料之外的动作会惊吓到狮子，其结果是危险的，所以我们努力显得很放松，没有流露出害怕的神色。博伊随地小便，标示着他的领地，我们只好蹑手蹑脚地绕着他走。他行为不定，相当难以捉摸，我们私下觉得这可能是因为他受了太多伤，接受过许多手术，用过不少麻醉剂。

第二天，乔治认为时机已经成熟，可以在兽栏外把克里斯蒂安全地引见给博伊了。这是大家期待的碰面，但我们清楚，如果打起来，克里斯蒂没有任何胜算。但这是乔治的决定，我们相信他的经验和判断。我们将克里斯蒂带上营地后面的科拉岩，乔治想让他们在那里见面。随后，比尔和乔治领着博伊和卡塔尼娅从另一个方向上来。博伊和卡塔尼娅在离克里斯蒂十四米远的地方卧下，克里斯蒂目不转睛地看着。我们紧张兮兮地站了二十分钟，看着，等着。尽管迫不及待地想与博伊接触，克里斯蒂还是意识到，轮不到他先动。

最后，卡塔尼娅厌倦了这一紧张的局面，她悠闲地走向克里斯蒂，然后他们彼此问候。博伊立刻站了起来，冲向克里斯蒂。这是非常骇人的时刻，他们的咆哮和低吼令气氛更为紧张。克里斯蒂顺从地翻身仰卧，于是博伊心满意足，在离他几米远的地方卧了下来。尽管他们看起来争斗得很凶，爪子和腿脚飞舞，其实几乎没什么肢体接触，克里斯蒂看来也没受伤。

隔了十分钟左右，先前乖乖躲在一边看热闹的卡塔尼娅再次走向克里斯蒂，又一次引发争斗。这回博伊最终走开了，将克里斯蒂扔在那里。他吓得不轻，看上去很悲惨。他走到我们跟前，我们安慰他，和他一起走回营地，他身上有几道爪痕，走起路来有些蹒跚。

尽管这是事先精心安排的场面，但我们确实见证了一头成年狮子和一头年轻狮子自然相识的过程。如果克里斯蒂比现在更大一些，博伊很可能把他当成威胁自己地位的敌人而杀死他。尽管我们和克里斯蒂情感深厚，但我们还是感到自己正在干涉动物的社会秩序和规矩。好在克里斯蒂本能地知道自己的角色，并且遵循狮子世界的传统，表示服从。乔治评论道，克里斯蒂决心面对博伊而不是一跑了之，这显示了相当大的勇气。克里斯蒂对卡塔尼娅的好感明显与日俱增，但他急切希望赢得的是博伊的接纳。为此，他必须忍受某些持续的、令人不快，但同时又很必要的仪式。

现在我们都住在同一个兽栏里。在接下来的几天里，克里斯蒂尽可能在博伊允许的范围内接近这头年长的狮子。

如果克里斯蒂过于大胆，博伊会冲过去，但这样的冲击已不像先前那么剧烈。克里斯蒂心怀崇敬地关注着博伊，甚至亦步亦趋：跟着博伊四处转，博伊坐他也坐，以同样的姿势躺下。我们常看到他在博伊的背后躺着，这是一个聪明的计策，可以让他比正常允许的距离更接近对方。有时他也和卡塔尼娅玩，但与博伊比，她处于可怜的从属地位。克里斯蒂对我们依然情深意切，但他确确实实成为狮子世界里的狮子了。

每天早晨我们出门和乔治还有狮子们一起散步，直到狮子们找到一些阴凉的地方，他们将在那里度过一天里最热的几个小时。克里斯蒂跟在博伊和卡塔尼娅后面，不过一旦博伊注意到他，他便坐下来，眼睛看向别的地方。下午我们会发现三只狮子待在一块儿，但克里斯蒂常在几米之外，还没被接纳入伙。

在科拉，我们与狮子之间结成一种人类与动物的非同寻常的共存关系。这是一种具有潜在危险的关系，完全依靠乔治的经验和他掌握的关于狮子行为的知识维持着。乔治对狮子和人类的信心多年来不时受到批评者的质疑，但总体来说，他的信念已被证实是有道理的。我们度过了一些不可思议的夜晚，常和三头狮子一起待在帐篷里。卡塔尼娅咬我们的脚趾，偷走我们的毯子，克里斯蒂躲在床底下，而博伊在一阵挑衅的咕噜后，发出雷鸣般的吼声。

几天之后，博伊就以对待乔治的方式问候我们，把他巨大的脑袋在我们身上擦来擦去。他表面上看起来性情平和，实则有着自以为是的优越感。和所有猫科动物一样，什么事都得合他的意，他只会做他想做的事。在科拉，拍摄工作仍在继续，我们常常得等上几小时，直到博伊摆好姿势。与之形成对照的是，我们只需要将克里斯蒂带到指定位置，或简单地让他转过去面对摄影机。我们发现自己会用“非凡的”狮子来形容博伊，就身体条件而言他的确如此。但与年轻的克里斯蒂的勃勃生气相比，他看起来就有点缺乏个性。我们赞扬博伊更多是因为他让我们松了一口气：他既没有吃了我们，也没将克里斯蒂吞下肚。

克里斯蒂来非洲已有好几个星期了。他比以前坚强了很多，肉掌磨硬了，他正在成长为一头非常英俊的狮子。比尔称他为“狮子界的让－保罗·贝尔蒙多[①]”，他指的是当

①法国影星，因曾在新浪潮电影《精疲力尽》中扮演一个反英雄的角色而备受当时欧洲年轻人的追捧。曾出演多部名片，影响力至今犹存。

时的一位法国电影明星。克里斯蒂身体一直很好，但有一天突然无精打采起来。开始我们以为他或许是因为一直没得到博伊的完全接纳而感到沮丧，他牙龈发白，鼻子发热，于是乔治给他量了体温,诊断他得了蜱热[①]。克里斯蒂对这个病没有免疫力，但所幸乔治先知先觉对此早有准备，所以可以给他注射对症的疫苗。他认为伊尔莎就是死于此病，如果那时有这种疫苗，他或许可以救她。克里斯蒂有两日重病不起，不过此后就很快恢复了。

克里斯蒂终于和博伊相熟了，比尔和摄制组也要回伦敦进行电影的后期剪辑。乔治建议我们也该暂别科拉一小段时间，好让克里斯蒂适应没有我们相伴的生活。我们决定在回来与他们最终道别之前，去肯尼亚的其他地方和坦桑尼亚看看。

---

①一种急性病毒性疾病，一般被蜱叮咬后感染。

11

向前，克里斯蒂

在肯尼亚我们参观了马赛马拉国家公园，在坦桑尼亚，我们游览了塞伦盖蒂、曼亚拉湖和恩戈罗恩戈罗火山口。我们见到了各色各样的动物，比如角马、斑马、羚羊、象群、猎豹和花豹，以及一大群类似火烈鸟的鸟，周围的景色也十分壮丽。给我们印象最深刻的是绝美的恩戈罗恩戈罗火山口，在那里我们遇见了一些文雅的马赛人，他们与牲畜一起生活，坚定地捍卫自己保持传统生活方式的权利。然而在这场土地和资源的争夺战中，今天的他们遭遇到比那时更严重的威胁和挑战。正是在那里，我们第一次看到野生的狮子——三头幼狮和两头母狮。旅游业在成为重要的产业，并给许多非洲人带来工作机会的同时，也打扰了

“野生”狮子的生活，尽管他们毫不在乎身边围绕着路虎车，以及从车窗里伸出脑袋拍照的游客。导游开车载着一个身处禁猎区的妇女，带她看一头狮子保卫自己刚刚杀死的水牛，不让秃鹫争食的罕见场面，而她却说道：“我是来看捕杀的，不是来看死尸的。继续开。”

我们的住宿条件，从星空下的帐篷到豪华旅馆都有。所有的旅馆都很贵，住满了热情高涨的中年游客，他们似乎觉得只要能看见一头狮子，在非洲度假花这些钱就很值得。这些游客显然很喜欢自己在非洲的这段经历，同时还增长了有关野生动物的见识。而我们则相反，和自己的狮子一块儿飞到非洲，我们可不那么容易满足。在科拉和几只狮子一起生活的几个星期已经把我们宠坏了，如今，或许该是深入感受非洲的时候了。与其看成群结队的动物在眼前跑过，我们更愿意做的是与他们偶遇，或是在塔纳河畔静静地坐上几个小时，看着羞怯的水羚、狒狒、大羚羊和大象小心警觉地前来暮饮。

我们决定去拜访乔伊·亚当森，她的住所埃尔莎梅尔在奈瓦沙湖畔，离内罗毕约一个半小时车程。在迁居科拉之前，乔治曾在那里察看博伊的伤势和手术后的恢复状况。

乔伊·亚当森出生在奥地利，一九三六年首赴非洲。她是一位很有才干、热情洋溢的女性，常与丈夫在事业上强强联手。她是很有造诣的植物画家（她的第二任丈夫彼得·巴里是植物学家），也画鸟类和其他动物，并用画笔记录过一个肯尼亚部落。她的许多画作被内罗毕博物馆收藏。乔伊和乔治一九四二年相遇，此后两人保持着一种分分合合的关系，直到她去世。

他们在抚养幼狮伊尔莎并将其放归自然之后，就将自己的余生贡献给了动物保护和放归各种野生动物的事业。乔伊根据乔治的日记写了《生而自由》一书，并在一九六〇年出版，一九六六年又拍成了电影。两者都轰动全世界。

一九六一年，乔伊设立伊尔莎野生动物吁请基金，现在称为伊尔莎动物保护信托基金。有关克里斯蒂放归的纪录片，以及为此而划分的放归区域科拉，第一次让乔治在经济上摆脱乔伊获得独立，也给了他和他的狮子一块落脚之地。乔伊对此愤懑不已，为此我们开车去埃尔莎梅尔时有些战战兢兢。在那里我们吃惊地发现沙发上铺着狮皮垫子，当我们壮起胆问及此事时，她并没有直接回应，只是说："狮子有好也有坏。"

尽管她是有名地难相处，并且常与人争吵，但我们发现她还算是友好的。她聪慧有趣，对克里斯蒂的背景充满好奇。听说博伊尽管还有些瘸，但已从伤病中恢复过来之后，她放心了。她对克里斯蒂是否有可能在野外生存下来表示怀疑。"你们那头愚蠢的英国胖狮子会被杀死的，乔治早晚也如此。"她这么说道。乔伊很想到科拉去看看，但又对自己被排斥外，不能参与科拉的工作感到生气。尽管靠《生而自由》赚了很多钱，她却从未在经济上支持过乔治的工作。当她后来终于到访科拉时，她非常急切地要与克里斯蒂拍照，但随后却又宣称："是时候让狮子清静清静了，人类不该再打扰狮子。"这是亚当森夫妇职业生涯中的难题：他们的工作取得了巨大成功，让动物过上了独立自足的生活，却让他们自己成为多余者。

就像其他一些热爱动物的人那样，她未能从自己一贯灾难性的人际关系中，或是她对非洲雇员出了名的苛刻态度中体味出一丝讽刺的意味。一九八〇年，在就报酬问题发生争吵之后，她被她的一个非洲雇员杀掉了。

我们路过内罗毕时，将克里斯蒂的一份血样交给了兽医托尼和苏·哈尔松。乔治的蜱热诊断是正确的，他们还告诉我们，有小概率的复发可能性。幸运的是乔治有对付它的疫苗。此外，博伊和卡塔尼娅也很容易染上这种病，因为他们曾被从肯尼亚的一处运到另一处。

在漫长的回程中，我们在黑暗里迷了路，当一群看上去几乎赤身裸体、手持长矛的战士向我们的路虎车挥手示意时，我们着实吃了一惊。我们想还是停车为好，但快速摇上了车窗。当发现那是一群友善的拿着棍子的非洲小孩，而且他们不过想要几根香烟时，我们有些尴尬。他们用英语为我们指出去往科拉和“白人养狮子的‘坎皮·亚·辛巴’[①]”的方向！

那天深夜，我们抵达了乔治的营地。他正为克里斯蒂担忧，他第一次没有在晚上同博伊和卡塔尼娅一起回来。乔治已去找过他，喊他的名字，但他没有出现。

然而，在我们到达几分钟后，克里斯蒂就跑回了营地。我们已经离开了两星期之久，所以他极其兴奋地整个扑到我们身上。乔治相信，他对我们回来是有预感的。他认为狮子有一种第六感，这种感觉我们人类要么是失去了，要么是从来就没有。当乔治想见见另外一些由他放归自然的

---

①斯瓦希里语，意为狮子的营地。

狮子时，他常会去一个废弃的营地，几分钟后那些动物便会奇迹般地前来。

克里斯蒂显然是想我们的，在扑向我们、舔我们脸的时候，他不断发出快乐的咕噜声。我们坐下后，他会爬到我们其中一个人的腿上，随后伸展身体，让身体的某个部分，比如前爪，搭在另一个人身上。他兴奋地跳上桌子，把一切弄得一团糟，让我们吃不了饭，也不让我们睡觉。

我们很高兴看到他这么健康，乔治也更喜欢他了，同我们一样觉得他很好玩。一天晚上，乔治很不明智地给他冲了一份奶粉，这是他在伦敦时非常喜欢的食物。这下可好，每天晚上克里斯蒂都跟着乔治到处跑，拍他的脚踝，用头撞他，直到他发了慈悲，给他冲奶粉。

令人失望的是，尽管有了些进展，博伊依然没有完全接纳克里斯蒂。乔治认为，由于对博伊的崇敬得不到回报，克里斯蒂有时似乎有些沮丧。他和卡塔尼娅如今已非常友好，乔治觉得，现在或许是博伊的嫉妒延长了持续的紧张状态。

他告诉我们，我们离开科拉那天发生了一个意外。早晨他跟着狮子去散步，在离营地很近的地方他看到一头巨大的犀牛。博伊和卡塔尼娅识趣地与其保持一定距离，然而乔治警觉地发现，克里斯蒂开始走向犀牛。他完美地追踪着它，在进入到离它几米远的范围内时，犀牛突然转过身来，看到了他。对于克里斯蒂的鲁莽行为，它愤怒地喷着鼻息，冲将过去。克里斯蒂蹿起两米多高，越过灌木丛，一溜烟地跑了。乔治忍俊不禁，但他希望克里斯蒂能吸取教训。

博伊花了好几个夜晚试图建立一个领地。野地里曾几次传来一头狮子的吼声，博伊选择了与吼声来源相反的方向。然而，一头成年狮子是不可能独自建立一块领地的，乔治告诉我们，他打算接两头母狮来营地。人们给了他几头年龄与克里斯蒂相仿的母狮，她们是在多次袭击家畜后被捉住的，要不是乔治出面干预，她们早被杀掉了。

这一回我们只与乔治和克里斯蒂一起待了几天。每天早晨，我们与狮子一同散步，直到他们找到一棵树或一丛灌木以遮蔽烈日。克里斯蒂常跟着博伊和卡塔尼娅，但博伊对他的在场仅仅是容许而非鼓励。下午我们和乔治一起去找他们，他知道如何辨别和追踪他们的足迹（爪印），同时拥有丰富的野生动物和野外生存知识，这些让我们着迷。

晚间狮子们回来等待喂食，乔治有时得开车去好几公里外的狩猎区，射杀水羚或其他猎物给他们吃。他希望他们不久后能够自给自足。

我们喜欢跟乔治聊天，并且还长谈过几次，内容不仅关于狮子，也包括澳大利亚和我们在伦敦的生活，还有他的生活。乔治一九〇六年出生在印度，他的父亲是驻守当地的英国军人，后来他回到英国接受教育。他一生的绝大部分时间都隶属于肯尼亚野生动物部，当一名狩猎监督官。尽管他过着离群索居的生活，但始终关注着外面世界的大事。踏出校门之后，他只回过一次英格兰，所以他兴致勃勃地听着这么多年后伦敦所发生的种种变化。他从来自世界各地的访问者、朋友和粉丝那里源源不断地获得信息，他还读《花花公子》杂志，不过他表示那只是因为“采访需要”。

他谈到早年曾是一个猎手时的生活，以及当他第一次认识到如此多的动物面临灭绝的威胁时，便开始关心起动物保护问题了。自伊尔莎死后，他就将他的生活完全投入到放归狮子的事业中。

乔治热爱狮子，并且坚信有可能与他们彼此理解、相互沟通，而这在其他动物身上，即便不是完全没有可能，也至少是非同寻常的。他欣赏狮子所具有的高贵气质，以及无限的爱与信任，他想继续生活在坎皮·亚·辛巴，直到那些狮子不再需要依靠他。他觉得，博伊将会如克里斯蒂所愿地接纳他，同时，其他狮子的加入将使克里斯蒂所在的这个狮群发展壮大。他坚信所有的狮子都可以成功放归。

由于一系列非比寻常的机缘巧合，我们将克里斯蒂送到了非洲，并将他交到了全世界知识最丰富，同时也最富同情心的狮子专家手中。如今克里斯蒂可以自由地在荒原上冒险。我们想象不出或做梦也想不到还有比这更好的结局，这也冲淡了我们离别的伤感之情。但想到若没有了克里斯蒂，生活将变得非常虚空，我们流泪了。我们不知道是否还能见到他，但是，经过祖孙几代和千山万水的跋涉，克里斯蒂终于回到了他所属的地方。

12

克里斯蒂的进步

离开科拉回到伦敦的几个月后，我们收到了乔治的来信，从中了解到克里斯蒂、博伊和卡塔尼娅的情况，信的部分内容如下：

> 我估计你们已听说了可怜的小卡塔尼娅的悲剧。上个月的一个晚上，三头狮子吃饱了肉之后便动身去往河边。第二天早晨，他们没有回来，这没什么稀奇的，因为他们已好几次离开两三天了，有一次甚至出去了五天。两天后我去找他们，但没找到。第二天清晨，克里斯蒂独自出现了。这让我有点担心，因为在博伊去约会的时候，克里斯蒂通常是和卡塔尼娅在一起的。于是我想，

卡塔尼娅一定是和博伊在一起。然而接下来一天的早晨，博伊回来了，只有他自己。

这下子我真的担心了，克里斯蒂看起来也像我一样担心。我开始认真地搜寻，或是徒步或是开着路虎车去找。我带上克里斯蒂跟我一起走，想靠他的嗅觉来帮忙。直到四天后，我在河边的一个地方，就是在你们来我的营地前在塔纳河边所待的地方再往下五公里处，发现了三头狮子的足迹。明显可以看出克里斯蒂和卡塔尼娅曾在这里玩过，他们沿河岸上下追逐。我穿过河到对岸，但只发现了博伊的踪迹。而在河的这一边，只有克里斯蒂离开的痕迹。我想一定是卡塔尼娅想跟着博伊走，下了河，但由于身体太小太轻，她被水流带开，在她游到岸边之前落入了一条鳄鱼之口。即便在她这个年纪，狮子也已是游泳高手，因此她不太可能是淹死的。卡塔尼娅的离世令人悲伤，相信博伊和克里斯蒂也有同感。欢乐离他们而去了。

大约两个星期前，博伊又出去了一次，他过了河，回来时带了个女朋友。我听到他们围绕着营地转了三天三夜。一天晚上，博伊和他的母狮正打得火热，我听到克里斯蒂在营地前灌木丛的边缘地带咆哮。借着火炬的亮光，我看见他正面对着一头与他年龄相仿的母狮。

博伊和克里斯蒂现在是好朋友了。事实上，在彼此头碰头的问候仪式中常常是博伊先致意。克里斯蒂已开始随着博伊发出自己的吼声了！虽稍显青涩，但已相当不错了。他的声音估计将比博伊的更深沉。我推测几天前他们俩又遇到了那些母狮，她们或许捕到了猎物，因为回来时他们看上去都吃得饱饱的，之后三天也没见他们饿过。

我希望很快就能将你们知道的那几头母狮接来。根据描述，她们大概十四个月大，这意味着她们已有和母亲一同捕猎的经验。她们能帮上大忙，当然前提是我能获得她们的信任和友谊。

乔治·亚当森

一九七一年一月十二日

于坎皮·亚·辛巴，科拉

我们得到这些消息后不久，比尔·特拉维斯飞往肯尼亚，并在回到英格兰后给我们写了这封信：

亲爱的约翰和艾斯：

这个周末我从非洲回来了。我可以想象过去几周里你们的担忧，以及想获得克里斯蒂消息的急切之情，因此，在详细地叙述克里斯蒂的近况之前，让我先告诉你们他还活着，而且很好。自他得过蜱热之后，在你们俩都不在非洲的这段时间里，他看起来一天病都没生过。而且我可以向你们保证，他生气勃勃——我卡其裤上的狮爪印就是这一点的见证。他重了许多，我估计他超过了九十公斤，但当他扑上来欢快地问候我的时候，我感觉他可能更重。我完全可以肯定，现在我们再也不可能像在英格兰时所做的那样，为了飞往肯尼亚，需要确切知道他的体重时，将他抬起并悬在当地屠夫的秤上，即便他仍允许我们这样做。他已像所有成年狮子那样，有人的肩膀那么高了，甚至和博伊一般高了，你们知道，博伊可是一头体形庞大的狮子。尽管克里斯蒂块头已那么大，但他依然热情亲切。当乔治一脚跨出围绕在营地四周的铁丝网时——克里斯蒂已经不被允许进入营地内——克里斯蒂便用头给他来了个长长的礼仪性问候，并用砂纸般的舌头舔他的脸。

尽管如此，这种情感似乎不会阻碍放归的进程，相反，它从侧面赋予了乔治某种支配力。这种支配力是他在这几个月里一直需要的，他要让这些狮子首先建成一个家族，随后成为他们自己领地的卫士。

顺便说一句，我注意到，为适应炎热的气候，克里斯蒂的皮毛似乎已有所改变，变得更稀疏，同时也更细腻、更光滑了，从而使他看起来更具流线型、更成熟，让他现在优美健壮的体格显得更为突出。他真是一头相当壮美的狮子，很难从他的外形上挑出什么毛病，他的脚或许稍显美中不足，它们依然显得巨大。我只能这么想：如果有一天他的体形长到可以让它们看起来完全合适的话，他无疑将是非洲最大的狮子了。

你们离开后，博伊和克里斯蒂成了最好的朋友，甚至可以说是形影不离了。小狮子卡塔尼娅，正如你们所见，对他们俩都爱戴，在他们的关系突然转变后，她发现自己成了三明治的夹心层。

不幸的是，正如你们已听说的那样，这份友谊是短暂的。我不会老想着卡塔尼娅已死的情形，我只能说这件事带来的不幸是双重的。因为不仅博伊和克里斯蒂失去了他们的小朋友，我们也失去了乔治狮群里唯一的雌性。

不过，也有好消息，算是补偿吧。乔治接来了两头母狮，她们比克里斯蒂稍小几个月，对他正合适。不像克里斯蒂，她们已很具野性了，尽管她们还太年轻，不能捕杀猎物，但必定已从她们的父母那里学过如何捕猎。她们也必定知道一些狮子社会里严格遵守的规矩。我认为克里斯蒂与她们接触肯定益处良多，因为切尔西的人行道和在我们家度过的温和的乡村时光，对他如今展开的生活来说，谈不上是最好的教育。乔治对此确实颇为高兴，我们希望他们在乔治的帮助下，最终能够在塔纳河地区建立起自己的家族或种群，享受自由自然的生活。而要实现这一切，其中必须至少有一头母狮。

当然我可以肯定，你们没有一天不谈起、不想念克里斯蒂、乔治和博伊。我能告诉你们的是，在我开车离开乔治的营地时所拍的最后一张照片：三个朋友高兴地一起站在他们的“家”门口向我道别。拍拍肩，握握手，他们目送我的路虎车颠簸地驶上返回内罗毕和文明世界的漫长路途。只要还可以将目光从路面上移开，我就不断回头，看到克里斯蒂身子靠着、蹭着乔治，乔治则抚摸着他的鬣鬃，随后克里斯蒂走向博伊，跟他打招呼，用肘轻推，无疑在逗弄他开始精彩的、四肢伸展开来的狮子游戏。

我非常快乐。我想，如果没有乔治·亚当森以及像你们那样的人，克里斯蒂的境况将极为不同……

祝一切顺利！

你们的

比尔

13

YouTube上的一九七一年重聚

经历了戏剧性的初次碰面和长时间的僵局，尤其在卡塔尼娅死亡之后，博伊和克里斯蒂成了形影不离的朋友。在一九八五年出版的自传《我的骄傲和快乐》中，乔治·亚当森将他与博伊和克里斯蒂在科拉一起度过的早期时光描述为“生命中最大的快乐”。然而，博伊、克里斯蒂，以及两头来自肯尼亚东北部马拉拉地区的母狮蒙娜丽莎和朱玛的到访，侵入了原来在此生活的狮子的领地，他们对此感到愤怒。作为狮群唯一的成年狮子和头领，博伊常常要对抗这些狮子。一天他回到营地，背上有几处深深的伤痕，乔治在能提供庇护的兽栏里为他治疗。那几头狮子在外面等着，由于抓不到博伊，他们攻击并杀死了蒙娜丽莎。

博伊似乎陷入了这次受伤所造成的巨大痛苦之中，后来更加频繁地独自外出游荡。已成为好朋友的朱玛和克里斯蒂却因此处于没有保护的状态。乔治越来越担忧博伊的健康状况。

乔治又得到了两头十八个月大的母狮，她们来自内罗毕公园孤儿院，他叫她们蒙娜和丽莎以纪念蒙娜丽莎，另外还有一头凶猛的年轻公狮子，名叫超级仔。乔治创建一个自给自足狮群的计划有了新进展，其中克里斯蒂是不可或缺的部分。

但是乔治的计划和克里斯蒂的放归遭遇了一次悲剧性的挫折。一九七一年六月六日，博伊在外已几天了，而其他几头狮子都在营地后面的科拉岩上。乔治听到博伊在营地兽栏外水槽边喝水的声音，知道他回来了。突然间，乔治听到同一方向传来阵阵叫喊声，立即抓起枪冲了出去，看到他的非洲助手斯坦利被博伊叼在嘴里。乔治大声呵斥博伊，博伊旋即放下了斯坦利。乔治射杀了狮子，并冲过去救斯坦利，但他的这位助手差不多当场就死去了。

乔治身心交瘁。他曾告诉斯坦利别出兽栏，但斯坦利对他的命令置若罔闻，如今却丧了命。博伊是乔治最喜欢的狮子之一，从他还是个幼崽时，他们的生命就交织在一起，对他的死乔治备感痛心。这个后来被称为“意外事故”的事件，成了国际新闻，并由当地警察和渔猎部联手作了全面的调查。一些人批评乔治的工作是在拿生命冒险，整个计划的前景一时间充满挑战。但是乔治也有不少支持者，包括一些政府高官，他们重视亚当森的名声对当地旅游业的价值，于是他获准继续留在科拉。

我们当时正在伦敦撰写《我们的狮子朋友》一书，预计在一九七一年十一月出版。我们打算飞往肯尼亚，与一个电影摄制组一起去看克里斯蒂，因为他们即将完成第二部纪录片《狮子克里斯蒂》，想加拍一段重聚的镜头。但当我们听说了有关乔治的令人震惊的消息之后，我们将访问推迟了几个星期。

我们到达内罗毕时，从各种各样的人口中听到一些传言，有的说博伊一直是亚当森的狮子中最难捉摸的，还有的说斯坦利曾好几次“无礼地”、轻率地接近博伊。

我们从内罗毕起飞，降落在离科拉营地几公里远的由泰伦斯·亚当森开辟出来的简易机场上，乔治正在那里等我们。考虑到刚发生那场悲剧，乔治看起来还算不错，我们希望我们的来访可以让他有所排遣。开车回坎皮·亚·辛巴的路上，我们尽量避免连珠炮似的问克里斯蒂的情况。尽管乔治已有段时间没见到狮子们，但知道他们在早晨露过面，现在则待在某个阴凉处避热休息。我们在舒服得多的常设营地里，焦急地等待着。我们只能猜测克里斯蒂会如何欢迎我们，但我们打心底里感到，他必定会充满深情地迎接，他不可能忘了我们。一年的分离能改变我们的关系吗？

艾斯后来在给他父母的信中描绘了这次重聚的场景：

> 狮子们“躲藏”在八百米之外，我们只能不耐烦地等上几个小时，直到天气稍稍凉爽一些，狮子们才愿意走动。最后，我们与摄制组一起，朝狮子所在的方向走去，并在科拉岩的底部等着，与此同时乔治走上岩顶去叫克里斯蒂。不一会儿，克里斯蒂出现在岩顶，离我们大约七十米远。他目不转睛地盯着我们看了几秒钟，随后慢慢地走近，以便看得更清楚些。他专注地凝视，看上去气势非凡。他由于在岩石上方，所以并未显得大了许多。我们禁不住呼唤起他来。他立刻朝我们跑来。伴随着激动的咕噜声，这头巨大的狮子跳起来扑向我们，

但动作极为温柔。很快又来了三只母狮，绕着我们团团转，她们年龄与克里斯蒂相仿，但体形小得多。还有超级仔，那头可爱的五个月大的雄性幼狮。真是终生难忘的场景。克里斯蒂表达感情的方式没什么改变，老一套的把戏，但又增加了些新东西。乔治被他迷住了，其他人也是如此。在乔治所见过的狮子中，无论对人还是对狮子，克里斯蒂的性情都是最好的。他处于鼎盛状态：皮毛油亮，由于天气炎热，他的鬣鬃长得不是很密。他身上的斑点终于褪去了许多。他的门牙骇人，呈象牙白色，有四厘米长！他一下子长大了那么多，我们一时还难以适应：十个月前他七十三公斤，现在乔治认为他有一百三十多公斤重。我们非常尊重他，与这头成熟了许多但依然有趣的狮子相处，我们也少了点轻浮。他更喜欢给我们扮演的无疑是狮群头领的角色。乔治对他们的进步感到高兴，他们已成为一个“紧密的团体”，显然他们很快就能开始捕猎了，这听起来有些血腥，但却是他们生存下去的关键。

于内罗毕

一九七一年七月二十日

克里斯蒂跳起迎接艾斯和约翰。

他已比二人上次见时大了一倍。

克里斯蒂表达感情的方式仍像从前一样。

这么多年之后重读这些文字，就像回看重聚镜头一般，诸多回忆涌上心头，那无疑是我们生命中最非凡的时刻之一。我们知道人们觉得我们会害怕，但我们一点都不怕克里斯蒂。我们也没有害怕其他几头狮子，尽管他们几乎没有和人类接触过，但由于整个气氛非常欢快，他们也被感染了。

每天早晨我们都被克里斯蒂的吼声唤醒，他才两岁大，却有如此的吼声，让人印象深刻。接下来的几天时间，我们愉快地像乔治一样做着营地的常规工作，早晨与狮子一起散步，有时在狮子们打瞌睡的时候同克里斯蒂一起坐在阴凉的地方，或者在傍晚时分与乔治一起去找他们。博伊已死去几个星期了，如今，克里斯蒂正巴望着取代他的位置，成为狮群的头领。

我们让克里斯蒂完全主导我们之间的关系。他想玩，我们就陪他玩；他想表达诚挚的情感，我们也投桃报李。另一些时候，当我们成为他生活中的多余者，或有可能让他分心时，我们就不去打扰他，让他自由行动。

着手了解其他几头狮子是充满乐趣且富于挑战的，他们生于自然，长于自然，带着对人类的戒备来到科拉。现在回头去看这场狮子与人类之间的互动，我们甚至有些怀疑，乔治是不是对我们双方都过于有信心了呢？一天，克里斯蒂在前面领着我们去散步，突然他怒吼一声冲入灌木丛中，追赶蒙娜和丽莎。她们此前正蜷曲着身子准备伏击我们，或许是为了取乐吧，但如果我们受惊而做出应激反应或被扑倒，这就有可能成为一次极为危险的对抗。克里斯蒂保护我们的态度让我们非常感动。超级仔个性冒失而外向，丽莎是一头顽皮的母狮，但朱玛和蒙娜则非常羞怯。在给威廉·科林斯爵士的信中，乔治写道，颇具讽刺意味的是，克里斯蒂这头来自伦敦、与人类接触最多的狮子，却是科拉最易放归的。

坎皮·亚·辛巴的建设如今更有起色了。乔治的兄弟泰伦斯建了好些永久性小屋，他巧妙地给细铁丝网围栏包上麻袋片，随后再刷上好多层水泥，做成小屋的外墙，上面则用棕榈树叶做成屋顶。这些简易而实用的建筑中最大的要数食堂，它是营地的中心，乔治将无线电话也安置在那里，作为他与外面世界的唯一联系。他还有一部老旧的打字机，以及一大堆乱糟糟的书、信件、日记和照片。现在那里有了一台发电机，可以为几台冰箱供电。冰箱里几乎塞满了给狮子吃的骆驼肉，那是从离这里最近的村庄——六十多公里外的阿萨科买来的。乔治的厨师哈密斯在他自己的防狮围栏里生火给我们煮饭。

营地周围就像个野生动物园，有叽叽喳喳的珍珠鸡、渡鸦，友善的犀鸟、巨蜥，偶尔还有令人讨厌的蛇和蝎子，以及老是等在那里的兀鹫，克里斯蒂常常将其从他吃剩的骨头旁赶开。

虽然造访坎皮·亚·辛巴是一次不可多得的经历，但我们只打算待几天，因为狮子越少接触人越好。营地的访问者时常失望而归，因为乔治不许他们接近他的狮子，所以说我们是备受优待的。狮子们必须自给自足，并受到劝导要提防人类，但克里斯蒂却以最奇妙、最深情、最难忘的方式欢迎我们。那一天，对于我们全体，狮子和人，都是一段愉快的经历。四十年后，通过 YouTube 网站，世界各地数千万人也看到了这一难忘的瞬间。

显然，离开克里斯蒂令我们悲伤，但他却始终心满意足，看起来一切都会朝好的方向发展。野生狮子们这段时间也没来搅扰，整个科拉一派宁静。当我们离去，我们的小飞机在营地上空盘旋时，克里斯蒂和其他几头狮子在科拉岩上翘首仰望，当我们中的一人与站在围栏里的乔治挥手道别时，另一人却悄悄流下眼泪。在这个变化莫测且时常充满敌意的环境里，克里斯蒂能继续他的好运吗？

14

最后的告别

在伦敦我们消息不断，一九七二年一月我们收到两封来自科拉的信。乔治写道：

> 我非常幸运地找到一个年轻人来帮我。托尼·菲茨约翰，二十七岁上下。他有点像个流浪者，干过许多不同的活儿。特别能干，是合适的人选。

托尼好像一开始是给乔伊·亚当森写信求职，但她建议他去为乔治工作，她觉得乔治需要一个热心且技能多样的年轻帮手。托尼也给我们写了信：

亲爱的艾斯和约翰：

尽管我们从未谋面，但我想我还是该给你们写上几句。我已帮乔治工作了一段时间，并且像你们一样喜欢克里斯蒂。看到他在适应野生生活的同时，依然像过去一样完全依恋乔治，真让人吃惊。

乔治有了更得力的助手，这真是极好的消息，我们打算一年后再去访问他。然而，后来的几封信告诉我们，克里斯蒂和其他几只狮子过得颇为艰难。没有了博伊，克里斯蒂单靠一己之力，难以保卫营地周围的领地，一头名叫“杀手”的野生狮子杀死了可爱的超级仔。

迄今为止，克里斯蒂一直为了生存而与野生狮子战斗，乔治告诉我们，他的伤大多在前腿和肩部，这表明他很勇敢：

克里斯蒂曾与一头野生狮子搏斗，前腿留下两道严重的伤口。但他似乎对自己的遭遇毫不担心，我很难劝说他跟我回营地，在那里我可以给他疗伤。

事实证明，在这个充满敌意环境里，克里斯蒂是一头罕见的适应能力强且勇敢的年轻狮子。但是日渐增加的挫折感显然可能导致灾难性的后果。一天克里斯蒂伏击了乔治，将他撞倒，用脚爪制住他，咬住他的脑袋。不过他很快就放开了乔治，乔治抄起一根棍棒追赶他。好在乔治没有受多大伤，只是被一只爪子划伤了手臂。克里斯蒂知道自己“坏了规矩”，但不久之后，他又撞倒了托尼，用脚爪拍打他，拖着他的头往前走，托尼奋力猛击他的鼻子，克里斯蒂立刻放开了他，令人惊奇的是他也没受到严重的伤害。

我们听说这些意外时备感震惊。克里斯蒂可以轻易地置他们于死地，无论是否蓄意。乔治和托尼感到，处于青春期的克里斯蒂沮丧而孤独，并且在这样一块领地里，他或许永远也无法安居下来，建立族群。母狮跟野生狮子私奔了，尽管这有助于对她们的放归，但克里斯蒂却被抛下了。我们同情克里斯蒂的境遇，并比以往更多地体味到，在与他的关系上，我们受到了独一无二的优待。与我们一起在英格兰度过的那八个月里，在那样非自然的环境中，他从未攻击过任何人。如今他长大了，更强壮了，我们与他的关系是否会改变？他会如何对待访问科拉的其他人？

一九七二年八月，在我们重聚后的一年，我们问乔治是否可以去拜访他和克里斯蒂，并与托尼·菲茨约翰见面。他热情地回复表示同意，但同时提醒我们，他不能保证克里斯蒂一定在营地周围。野生狮子已迫使他去更远的塔纳河地区，他经常会离开几个星期。我们不管这些，还是决定去，因为乔治被强制离开科拉的可能性一直存在，以后或许不会再有机会去那里了。

我们在内罗毕与托尼见面，我们马上就明白了他对坎皮·亚·辛巴营地来说是多么重要，以及乔治为何如此喜欢他。值得一提的是，直至四十年后，他依然在坦桑尼亚的姆科马齐国家公园里，继续着乔治未竟的保护工作，他还是乔治·亚当森野生动物保护信托基金的野外工作主管。二〇〇七年，托尼因其为动物保护所做的贡献而获得大英帝国勋章。

我们抵达营地时，乔治正患着流行性感冒，但看到我们他很高兴，特别是我们还给他带来了威士忌和杜松子酒。他告诉我们，他听说克里斯蒂已与一头母狮交配，所以应该离此地不远。但直到第三天，我们悬着的心才放下，克里斯蒂露面了。尽管他没有像以前那样扑向我们，但他的问候依然是那么热情洋溢，那么自然。他还像以前一样发出各种声响，尽管他激动的咕噜声现在已更加深沉。他体形更大，在我们中间转来转去时撞倒了乔治。乔治可没觉得好玩。

乔治认为克里斯蒂可能是肯尼亚最大的狮子，当然一定是目前塔纳河地区最大的。他估计克里斯蒂的体重已接近三百三十公斤，尽管他现在只有三岁，而且还会继续长大。

饭后，我们听乔治和托尼讲克里斯蒂的冒险故事，包括他如何与野生狮子搏斗。他们还给我们讲述和解释了克里斯蒂攻击他们的情况及可能的原因。显然他们都爱着他，对他青春期的行为宽宏大量，丝毫没有生他的气。我们坐着聊了一夜，克里斯蒂经常过来打断我们，跟我们玩，试图把我们推下凳子。

艾斯又给他的父母写了一封信。

我们每天早晨和晚上都会去看克里斯蒂，跟他散步，同他闲聊。他比去年更沉静，更自信，非常迷人，不过还是那样傻乎乎的。他已经长成了一头体形庞大的狮子。只有一次他像过去一样，后腿支撑着一下子扑到我怀里，而且动作极其轻柔。他能直接用舌头舔我的脸，因为他站着的时候已经比我高了。他想坐在约翰的腿上，却差点把他压垮！

之后的几天，我们一直在观察他有多么成熟。尽管他仍欢快地和我们打招呼，但已比上一年独立得多。什么时候想与我们在一起，待多长时间，全由他说了算，并且，他许多时候都在围栏外。现在他已完全接纳了托尼，并成为托尼与狮子之间的引介者。日后，托尼成了野外生存知识和技能方面的专家，他的多种技能和机械方面的技术是坎皮·亚·辛巴所不可或缺的，这极大地提高了营地与外界的交流能力。

这一回我们待了九天，在周边乡野看到了不少东西。我们和泰伦斯一起去捕鱼，他常用新鲜鱼肉做一顿大餐为我们接风洗尘。他对植物很在行，能在荆棘丛和刺槐中指出外来的没药和乳香灌木丛。在我们看来，许多植物的外形及其冲蚀色调不同于澳大利亚那些同样处于半干旱荒野地区的植物，但两块大陆也有很多共同点：气候和植被的多样性、广袤的空间、辽远的地平线、耀眼的阳光、清澈的碧空，以及远古的平和、宁静。有趣的是，乔治和乔伊都曾同我们谈起过在澳大利亚和其他国家偏远的荒野上，养育非洲濒危动物的可能性，但现在看来，这样做对于本已脆弱的生态平衡来说，必将造成一定程度的冲击。

我们读了乔治写给旅游和野生动物部部长的详细报告，报告记录了一个狮群几年来每日的情况，既吸引人也颇有价值，尤其是关于克里斯蒂成功放归的部分。过去，一些人批评乔治和乔伊的工作不够“科学”，因为他们没有系统地记录相关信息，以总结归纳出通用方案。然而，在与某些特定动物共同生活并观察他们许多年甚至好几代之后，他们撰写大量日记和笔记，写书和大量信件，丰富了有关狮子行为的记录，他们在这方面的贡献比任何人都要大得多。

现在所有的母狮都与野生狮子结伴而去，克里斯蒂备感孤独，托尼打算去内罗毕公园孤儿院，想办法接一头稍稍年轻些的公狮来给他做伴。或许他已成为狮群名义上的头领，但母狮都跟了他的敌人，单靠他自己无法在这里建立领地来繁衍后代。

克里斯蒂显然已准备好进入野外生活的一个新的阶段

了。他离开的时间更长了，可能是在寻找更合适的地方生活。他成功地幸存下来，但我们知道他或许会走得很远，我们有可能再也见不到他了。

回到内罗毕，我们为支持和赞赏乔治出色工作的各方人士举办了一次纪录片《狮子在“世界尽头”》的观影活动。这其中包括常任国务秘书、旅游和野生动物部部长及苏联驻肯尼亚大使。维持坎皮·亚·辛巴的运行耗资巨大，乔伊没有给予任何支持，她还是和预料中一样，冻结了伊尔莎动物保护信托基金中所有资助乔治工作的资金。比尔·特拉维斯也转向了别的项目，现在正在与珍妮·古道尔[①]合作拍摄一部纪录片，记录她在研究和保护黑猩猩方面所做的工作。克里斯蒂的纪录片所带来的收入为乔治的工作提供了资助，各方参观者、支持者和粉丝也捐了不少款。

回到伦敦后，托尼·菲茨约翰曾来看我们，他告诉我们，克里斯蒂目前非常好，他与一头野生狮子达成了一种罕见的和平协议。他们不是朋友，但彼此咆哮一阵，便相安无事了。

---

①享誉世界的动物学家，她与幼年黑猩猩指尖相触的照片成为美国《国家地理》杂志的经典图片。

另一方面，则是令人担忧的消息，一些索马里人的部落及其牲畜已搬迁到营地附近。克里斯蒂已经杀死了一些他们的牲畜，乔治担心他们会报复，用矛刺死克里斯蒂。带牲畜进入该地区是非法的，渔猎部和警察让部落迁走，但是，就像那些为了象牙、器官、兽皮和战利品而杀害动物的偷猎者一样，索马里人和他们的部落将不断给乔治制造麻烦。

15

克里斯蒂的金字塔

一九七三年初，克里斯蒂穿过塔纳河，向北朝着梅鲁国家公园的方向而去，那是一个更具吸引力的地区，也是一个很好的捕猎场。在国家公园内，动物不会受到偷猎者、猎人和带着牲畜的部落人群的威胁。令人感伤的是，乔治已经不再将克里斯蒂列入考察范围了，他已销声匿迹。随后的几年里，我们一直期待着关于他的消息。我们乐于想象他已在很远很远的地方，建立了自己的领地和种群。由于太过遥远，他无法再回来看看乔治，他不能让种群处于没有保护的风险中。我们希望他又活了十年，他的后代正在肯尼亚捕猎。他奇迹般地回到了非洲，迅速适应环境，在最危险的时日里生存了下来，长得又大又壮。我们对放归行动无怨无悔。

在科拉的最初七年里，乔治引入了十七头狮子。他的放归工作是成功的，但变化无常的野外生活夺走了许多生命。克里斯蒂的放归是完全成功的。在乔治的自传《我的骄傲和快乐》中，他使用更多的说法是克里斯蒂的“金字塔”而非他的“种群”。他曾多次听到克里斯蒂与母狮交配的声音，所以他认为克里斯蒂是有后代的，且有他自己血缘意义上的种群。然而坎皮·亚·辛巴营地的狮子年龄不同，是乔治从不同地方挑选而来的，并且依靠他的知识和耐心，搭建了一个围绕克里斯蒂凝聚在一起的人造狮群“金字塔”。朱玛和丽莎跟别的狮子交配，生下幼崽，这些后代中的一些还会依次有后代。金字塔已建成，乔治不想再引入更多的狮子，因为那会在这个猎物稀少的地区造成捕食者的失衡。他撰写自传，并继续记录他对下一代狮子的观察，其中一个现象引起我们注意：在科拉，青春期的雄狮最危险。

一九七三年十月，公报宣布科拉成为国家公园，这使乔治和他的狮子被置于政府的保护之下，同时也是对他狮子放归计划的官方认可。乔治将科拉视作“那头来自伦敦的可爱、顽皮和勇敢的年轻狮子”的纪念地。他一直在科拉生活到一九八九年。一天，营地里的一位客人提出要去简易机场,与更多访客碰面。她在路上遭到了偷猎者的袭击，乔治在营地里听到枪声，赶忙开车冲出去帮她，却被偷猎者杀害了。

我们很荣幸能够遇见乔治，同时我们极为感激他对克里斯蒂的精心照顾和关爱。我们见证了他与狮子之间非同寻常的深入理解和交流，狮子们爱他，信任他，甚至让他为自己疗伤。如果在今天，他会被称为“狮语者”。他的记录极大补充了全世界关于狮子及其保护的知识，就像许多受他影响的人一样，我们从此致力于野生动物保护事业。

《生而自由》一书出版后，人们对非洲及其野生动物的兴趣激增，乔伊著作的出版人威廉·科林斯爵士又出版了许多重要的著作。其中包括珍妮·古道尔的《在人类的阴影下》、米雷拉·里奇亚蒂的经典摄影集《正在消失的非洲》，以及其他各种关于自然史和人类起源的图书，诸如罗伯特·阿德雷的《领地法则》、大卫·爱登堡的《生命的进化》等。这些人为今天的环境保护运动奠定了基础，其中，乔伊是最早阐明人类破坏环境导致人与自然关系恶化这一因果关系的人士之一。目前对于全球变暖后果的预测同样证明了她的观点。

一项统计数据让人警醒：从克里斯蒂所处的时代至今，非洲狮子的数量下降了三分之二，因此，乔治所积累的信息档案在未来将弥足珍贵。我们现在正积极地支持相关的保护计划，主要通过乔治·亚当森野生动物保护信托基金来实施。

约翰在一九七三年又一次访问科拉，多年来他一直支持和关注肯尼亚、坦桑尼亚和南非的其他保护项目。他是乔治·亚当森野生动物保护信托基金（简称GAWPT）的受托人，并多次代表基金在皇家地理协会和其他地方演讲。此外，他也是记者，以及旅行和野生动物方面的公关顾问。二〇〇八年，他担任纪录片《姆科马齐：犀牛的回归》的执行制片人。该片讲述了四头黑犀牛从南非迁居至托尼·菲茨约翰所在的坦桑尼亚姆科马齐国家公园的故事。约翰和GAWPT一起呼吁恢复科拉国家公园，乔治被杀后，该公园几乎被废弃了。

艾斯回到澳大利亚后，成为一名艺术策展人，尤其专注于澳大利亚土著居民和殖民地时期的艺术作品。在非洲旅行时，我们有生以来第一次买了纺织品、雕刻品、珠子项链和手工艺品，此后我们不断收集部落艺术品。受非洲之行的影响，艾斯想对最初的澳大利亚土著居民有更多的了解。他发现了一种异常多样丰富的艺术传统和文化。这些传统文化有着激动人心的当代表现形式，但也遭到后殖民主义的驱逐，在社会和经济上处于颇为不利的地位。

随着YouTube重新引发大众对克里斯蒂的兴趣，我们得以愉快地再次体验和反思与他一起生活的时光。我们看着照片，又一次沉浸在对他的爱中，并十分想念他。回首往事，我们依然无法完全相信结局会如此圆满，我们真的成功让克里斯蒂回归了非洲。

克里斯蒂有着巨大的神秘魅力，这决定了他的生活走向。他被挑中送往哈罗德百货公司出售，是因为他迷人、性情平和。我们难以抵挡他的魅力，不顾一切买下了他，我们对他的姐妹玛尔塔就没什么兴趣。比尔·特拉维斯第一次联系在肯尼亚的乔治时，称克里斯蒂是“一头非常漂亮的狮子”。克里斯蒂在自己的电影里星光熠熠、大放异彩。他成了乔治的宠儿和朋友，人类和狮子都喜欢他。科拉因克里斯蒂而建起营地，并且，克里斯蒂对环境的成功适应，坚定了乔治的信心，从而留在科拉十九年之久，科拉也由此成为国家公园。

四十年后，乔治未竟的工作仍在继续，克里斯蒂的奇迹再次激发我们去思考众生之间的相互关系，以及野生动物保护行动的紧迫性。如果每一个被克里斯蒂的故事所感动的人，同心携手应对这些全世界共同面临的问题，凭着克里斯蒂的博爱与乐观精神，我们将会取得怎样的成就？

乔治·亚当森野生动物保护信托基金

乔治·亚当森野生动物保护信托基金由乔治的一群朋友和支持者于一九八〇年设立。乔治一九八九年在科拉被偷猎者谋杀后，给乔治当了十八年助手的托尼·菲茨约翰成为基金的野外工作主管。

基金最初一任主席是已故的剑桥大学应用生物学讲师凯斯·艾汀姆博士。现任主席是英国王室法律顾问、国会议员鲍勃·马歇尔·安德鲁。受托人包括：阿兰·图尔森和安德鲁·莫蒂默，他们都是托尼在伦敦米尔希尔学校的老校友；安东尼·马里安，他是乔治和托尼的肯尼亚朋友；国会议员布鲁斯·金洛克少校，他也是肯尼亚地区前任行政长官，乌干达、坦桑尼亚和马拉维首席狩猎监督官；布莱恩·杰克曼，出色的野生动物记者，《星期日泰晤士报》专栏作家。英国的受托人还有约翰·兰道尔、保罗·索瓦、詹姆斯·卢卡斯、蒂姆·皮特和彼得·威克汉姆，他们经验丰富，全都在相关领域有一技之长，以保障项目的平稳发展。基金同时也在美国、肯尼亚、坦桑尼亚、德国和荷兰设立机构。

一九八九年，皇家地理协会为 GAWPT 举行了一个招待会，以庆祝姆科马齐项目在坦桑尼亚创立。

随着偷猎、烧荒、打猎的日益猖獗，以及人类大面积的入侵，坦桑尼亚北部的姆科马齐禁猎保护区日渐衰落。一九八八年，坦桑尼亚政府决定将保护区恢复为荒野状态。托尼·菲茨约翰和 GAWPT 一起，获得机会协助政府运作一个涉及多个领域的复兴计划，包括栖息地的恢复、基础设施的完善、针对非洲野狗和黑犀牛的濒危物种保护项目、针对姆科马齐禁猎保护区周边村庄的社区扩大计划，以及针对这些村庄的小学生的环境教育计划等。

二十年后，托尼和乔治·亚当森保护基金及其分支机构可以自豪地表明，在许多慷慨的朋友和著名慈善基金的经济支持下，姆科马齐禁猎保护区已升级为国家公园，一个犀牛保护区成功建立（坦桑尼亚唯一的一个），一项针对非洲野狗的人工繁殖、兽医学和再引进计划开始实施。

如需了解更多有关 GAWPT 的信息，或有意捐款以使乔治·亚当森未竟之工作得以继续，敬请查阅下列网站：

英国：www.georgeadamson.org

美国：www.wildlifenow.com

致谢

我们向那些曾伸出援手的人们表示感谢，是你们让克里斯蒂和我们能够快乐地在英格兰生活，以及让他回归自然。

在伦敦的有：罗伊·哈泽尔，哈罗德百货公司宠物部的采购员，以及桑迪·劳埃德；詹妮弗－玛丽·泰勒、乔·哈丁和约翰·巴纳迪斯通，克里斯蒂生活在国王路时所住的那家松木家具店的老板；凯·迪尤；我们在“世界尽头”的宽容的邻居；摩拉维亚教会尊敬的威廉姆森牧师及其夫人、琼与罗德·托马斯；克里斯蒂最好的朋友尤妮蒂·贝维斯－琼斯；阿梅利亚·内森；比尔·特拉维斯和弗吉尼亚·麦肯娜，是他们将我们介绍给了乔治·亚当森。

在内罗毕的有：蒙蒂·鲁本、杰克·布洛克、阿妮塔·

冯·罗森、乌尔夫与玛丽安·亚干，以及旅游和野生动物部部长，他批准克里斯蒂在科拉放归。

在塔纳河流域加里萨北部坎皮·亚·辛巴的有：乔治·亚当森；他的兄弟，工程师和道路建筑师泰伦斯；他们的雇员斯坦利和哈密斯·法拉；乔治的老朋友内维尔·巴森戴尔和他的儿子乔尼（乔治的教子）；加里萨省狩猎监督官肯·史密斯；兽医苏·哈尔松博士，摄影师西蒙·特雷弗，以及塔纳河地区议会。

柯林斯出版公司初版的出版者有：威廉·柯林斯爵士和本书编辑阿德里安·豪斯，德里克·卡塔尼提供了在英格兰和肯尼亚的照片，以及录入我们手稿的托尼·兰道尔和曼迪·巴雷特。

令人伤心的是，其中一些关键人物今天已经不在了，包括威廉·柯林斯爵士、乔治·亚当森和比尔·特拉维斯。乔治会很高兴地看到，人们对他为包括克里斯蒂在内的狮子所做的工作重新有了兴趣。乔治·亚当森野生动物保护信托基金为主要的保护项目不断提供着资助，以此来纪念乔治。

安东尼（艾斯）·布尔克与约翰·兰道尔

于二〇〇九年

图书在版编目（CIP）数据

我们的狮子朋友 /（澳）安东尼·布尔克，（澳）约翰·兰道尔著；慕风译. -- 海口：南海出版公司，2021.9

ISBN 978-7-5442-9227-6

Ⅰ. ①我… Ⅱ. ①安… ②约… ③慕… Ⅲ. ①长篇小说－澳大利亚－现代 Ⅳ. ①I611.45

中国版本图书馆CIP数据核字(2021)第064630号

著作权合同登记号 图字：30-2016-073

我们的狮子朋友
〔澳〕安东尼·布尔克〔澳〕约翰·兰道尔 著
慕风 译

出　版　南海出版公司　(0898)66568511
　　　　海口市海秀中路51号星华大厦五楼　邮编 570206
发　行　新经典发行有限公司
　　　　电话(010)68423599　邮箱 editor@readinglife.com
经　销　新华书店

责任编辑　秦　方
特邀编辑　李　爽　王雨萱
装帧设计　李照祥
内文制作　杨兴艳

印　刷　北京奇良海德印刷股份有限公司
开　本　880毫米×1230毫米　1/32
印　张　6
彩色插页　8页
字　数　78千
版　次　2021年9月第1版
印　次　2021年9月第1次印刷
书　号　ISBN 978-7-5442-9227-6
定　价　35.00元